二十一个汉字

何立文——著

天津出版传媒集团
百花文艺出版社

图书在版编目（CIP）数据

二十一个汉字 / 何立文著. -- 天津：百花文艺出版社, 2025. 1. -- ISBN 978-7-5306-8980-6

Ⅰ. I267

中国国家版本馆 CIP 数据核字第 2024S1E962 号

二十一个汉字
ERSHIYI GE HANZI

何立文 著

出 版 人：薛印胜
策划统筹：汪惠仁　张　森　　**美术编辑**：蔡露滋
责任编辑：沙　爽　　　　　　**版式设计**：王宝萍
出版发行：百花文艺出版社
地　　址：天津市和平区西康路 35 号　　**邮编**：300051
电话传真：+86-22-23332651（发行部）
　　　　　　+86-22-23332656（总编室）
　　　　　　+86-22-23332478（邮购部）
网页：http://www.baihuawenyi.com
印刷：天津新华印务有限公司
开本：787 毫米×1092 毫米　　1/32
字数：160 千字
印张：8
版次：2025 年 1 月第 1 版
印次：2025 年 1 月第 1 次印刷
定价：39.00 元

如有印装质量问题,请与天津新华印务有限公司联系调换
地址:天津东丽开发区五经路 23 号
电话:(022)58160306　邮编:300300

版权所有　　侵权必究

我们需要什么样的身体

——序"生活志"文丛

从出发点到归宿,陪伴我们一路的,是我们自己的身体。

生活记录在我们的身体里。

世界记录在我们的身体里。

生活与世界被我们怎样记录,我们就怎样被生活与世界记录。

我们要记的也许太多,我们也许会抱怨笔墨不够;我们也许会担心,世界只记录了我们卑微的一面。

但始终只有一种身体是没有抱怨没有担心的:它看见了繁华,也目睹了凋零;它看见了洪流,也采撷了浪花;它无视成见,勇敢地踏入观念的"野外"……

——这样的身体,它无须抱怨,无须担心;笔墨也许会遗漏,世界也许首先记录的是你卑微的一面;但这样的身体,是敞开的身体,是生长的身体,是可以反观的身体,是可以由是反观"身体"的身体,是值得信赖的可以作为"生活志"的身体。

文字的身体固然不能全然跳出权力的叙述,但它可以努力展示自己与生活是怎样被权力叙述的。

目录

空 □ 001

暗 □ 016

茫 □ 026

碎 □ 039

老 □ 051

痛 □ 061

囚 □ 071

听 □ 084

望 □ 098

匿 □ 112

候 □ 121

130 □ 寄

146 □ 读

156 □ 酒

171 □ 影

182 □ 水

193 □ 树

206 □ 信

214 □ 你

226 □ 我

235 □ 他

246 □ 后记

空

一

我对故乡有一种言说不清的感情。

这些年,偶尔回去一趟,顺着坼裂的水泥台阶上去,打开锈迹斑斑的门锁。进到屋里,环视那些熟悉而陌生的家具,一股混浊的气味飘进鼻腔,顿觉恍然如梦。贴在门框上的红纸已经褪色,上面的毛笔字也失去了光泽,窗外透进来的光线投射在有些模糊的横竖撇捺勾点提上,让人触摸到时间枯瘦的肋骨,正一节一节地断裂,最终化为一撮齑粉。

那一刻,我站在屋子中央极力回忆过往,却未能捕捉到一丁点少年生活的影子。我似乎成了一个来历不明、身份可疑的外乡人。

二楼,我的卧室朝南。杉木制作的书柜里散乱堆放着一些旧书和若干年前的杂志,中间一层搁着几件旧衣物,书和杂志的边角已经被虫子咬噬得面目全非;抖开旧衣服,往昔肉身的温度早已荡然无存,指尖上留下点点冰凉与异样的柔软,一缕霉味在墙角游走。

我沿着楼梯下来,鞋底敲击地面,咚咚的声响在天花板下回旋,不知为何,突然涌起一丝奔逃的冲动。这座寂寞的房子里已经盛不下我的无助与惶恐。

我锁上大门,下了一个缓坡,行走在弯曲的巷道中。村庄里,瓦房差不多已经绝迹,满眼几乎都是两三层的小洋楼。泛着冷光的外墙砖,布满斑点的PVC排水管,灰尘蒙面的铝合金窗架,扎着塑料布的压水井……没有风,空气也似乎凝固了,我听见自己的脚步声有节律地响起,仿佛失血的手指在琴键上迟缓移动。我忽然想起,几年前在汶川地震震中映秀镇的一段经历。那天,我们在年轻向导的带领下,绕着一座学校的残垣断壁走了一圈。惨白的断墙下面仍然隐约可见油漆剥落的课桌椅,砖石缝隙中却生长着碧绿凶猛的植物。向导指着断墙说,还有一些学生的尸骨埋压在里面。踩在那些残垣断壁上,我的双腿不由自主地颤动,耳朵里满是尖利、嘶哑的哭声和叫喊声。从断墙上下来,脚底触及地面的一刻,回望初夏阳光照耀下的废墟,无边无际的空寂与虚无立即把我掩埋了。

数十年来,村庄一直是这样——只有过年那几天才能看见三五成群的人相互寒暄、微笑、点烟,鼻孔中喷出的烟圈夹杂熟悉而有些陌生的声音,叫醒沉睡的它。过完年,人们又隐身于繁华都市的工厂流水线。只有几个腰弯背驼的老人,缩在空荡的屋内咳嗽,或守着一片田野看落日下山。

这样的村庄与废墟有什么两样?

出了村庄,眼前是高低起伏的田地。山风从耳旁呼呼刮过,远处山坡上的湿地松轻轻摇晃,山脚的青竹簌簌作响。稻田中间的水塘早已淤塞,仿佛老者身上的色斑,向人展示岁月锋刃留下的斫痕。敞开的田野尽力向四周铺展,偶有一两个老人躬身其间,喊话声十分清晰地扩散。除此以外,庄稼、荒草、山坡、溪流和灌木都像千百年前就存在似的,安守各自的位置。这情景仿佛宋人笔下的山居图——空旷、岑寂,使人落寞之余心生些微倦怠。

上帝之眼一定瞧见了我这个活物,这个山野间移动的微点。我在田间小路边驻足远眺,开始怀疑记忆的可靠性:房屋、村庄、田野收藏的那些狂奔、嬉戏、汗水和幻想真的与我有关?土地里深埋的某块碎瓷片上真有我的血迹?砖缝里真有我的哭声?棉花地里确实有我捕捉知了时的呼吸与心跳?

野草茂盛,树木葱茏,我再也无法找到一片似曾相识的叶子。我在这处当下的废墟里盘点寥寥无几的回忆,而更大更广的虚无正四处蔓延,开始围剿与蚕食一颗失魂落魄的心。

二

我居住的这个小区,若干年前物业公司就撤走了。原因很简单也很无奈:总有一部分业主以各种借口,拒绝交纳物业管理费。

绿化带里杂草丛生,啤酒瓶、塑料袋、牛奶盒、易拉罐隐身其间;人行道上挤满汽车,有的甚至直接停放在草坪上;道路两旁的简易绿色垃圾桶里散发一股股酸臭;几家设在车库里的麻将馆,白天黑夜,不时传出哗啦哗啦的洗牌声……脏乱、嘈杂、无序在这儿集中上演,经年累月,我的神经早已由最初的愤懑蜕化至如今的麻木。很多时候,我自言自语:我努力做了一名房奴,期望过上一种安静、整洁、体面的城市生活,可是生活和我开了一个十分残酷的玩笑——转了一圈,我又回到了起点——眼下这个小区甚至比不上数十年前居住的村庄。

一条铁路横亘在小区前面,每隔一段时间便有火车呼啸而过的巨大声响破空而来。东边一家建材市场,五金、涂料与木材充塞其间,各种敲击、切割的声音像尖利的钻头扎进人的耳膜。天一亮,这儿就是一副热气腾腾的生活的模样。但是于我而言,这些热闹却那么遥远——多数时候,它们与我无关。外面越喧嚣,我的内心越空荡。

我发现自己成了一名生活的旁观者。

从灰蒙蒙的天际到百米之外的楼群,再到数十米开外的路灯、广告牌、商铺,城市以它冷硬的面目与我对峙。推开窗户,我眺望钢铁厂的巨大烟囱,那些巨人头顶喷出的白烟,总是把我的思绪遮盖得严严实实。我是一个身份不明、来历可疑的人,本以为从此能摇身一变——成为一位安心行走在街道上的市民,可惜城市始终未能向我敞开胸怀,或者说我始终没有获得做市民的感觉。我成了乡村与城市的弃儿,夹缝中异常尴尬的一粒石子。

究竟为何,我沦落至此?

当所有声音自耳畔退却,光影从眼前消失,脑海里剩下彻头彻尾的虚空。书本、稿纸、电脑、手机、香烟,甚至那些过时陈旧的家具,连同上面残留的我的指印和体温,都在刹那间坍塌。它们毕毕剥剥的声音散落在地板上,钻进墙缝中。我是一名孤独的异乡人,被城市的热度驱赶得无处遁身。

其实我的血液也曾滚烫,也曾烧灼周身的神经。如今,一天中的大部分时间交给了办公室、菜市场、厨房和卧室里那张低矮的木床,生活就像两条锃亮的铁轨,平行、稳定,伸向终点固定的远方。这世界,我是一只来回奔走的动物,道路的起点与终点正在逐渐融化。我数次高高跃起,却发现四周除了虚空还是虚空。

如此,我的世界井井有条、密不透风吗?驱使我如陀螺般转动的隐形力量源自何方?维修、更换门锁、灯管和水龙头与灯下阅读、案头写作之间的距离究竟有多长?每次合上书本,走向厨房,我总会对着面前的幻影一笑。我深知,那一刻我不得不清空自己,不得不对生活心怀满足,然后用烟火把自己填满。

三

我年少时又瘦又矮,加上胆小懦弱,受欺负是家常便饭。无论在巷子里玩游戏,上树掏鸟,还是下水捕鱼,他们分派给我的差事总是最脏最累的,而瓜分胜利果实时,我所得的只是他们挑剩的。受了委屈,我躲到一边抹泪,根本不敢告诉父母,因为我知道,一旦回去告状,后果将是被他们清理出去,永远排除在外。

有一次,我和几个伙伴在山上放牛。其中一个家伙素来以凶狠著称,他提出与我摔跤,其余人立刻围成一圈,准备观战。我站在那儿,他狠狠地瞪着我,向我逼近。我后退两步,众人哄笑起来……我不知从哪儿来的勇气,一个箭步冲过去,拦腰抱住他,右腿往他双腿中间一伸,顺势将他摔倒在地。我正在得意扬扬地享受众人的欢呼,不料那家伙爬起来抓住我的右手就咬——我右手手背上至今可见一道小小的伤疤。最终,我被判失败。游戏结果瞬间反转,我的眼泪只有往肚里吞。最伤心的是,有一次在一个伙伴家玩,天热,他从床底下搬出两个西瓜剖开,分给大家吃了。回家后,我在灶前烧火。小伙伴的母亲双手叉腰,站在我家门口,说我偷吃了他们家的西瓜。母亲听了,不由分说,抓起一根棍子将我狠揍一顿。后来,那女人不依不饶地走了,我噙着泪水悄悄告诉母亲事情的真相。母亲沉默良久,长叹一声说,你以后少跟他们往来,特别是不要进人家屋里去。母亲其实知道我是受了冤屈的,儿子的脾性,她还不了如指掌?有些事情明明自己占理,结果还是吃亏,年少的我弄不明白。即便弄明白了,又能怎样?所以,每次挨揍,我都是双手抱头,任棍子雨点般砸在身上。那一刻,热辣辣的痛感传遍全身,脑子里却一片空茫。

我曾被一家单位借用了大约一年半。那时,我所在的科室只有科长和我两个人。科长是个老油条,可能觉得升迁无望,便把所有事务都扔给我,每天坐在办公桌前眯着眼睛抽烟。那段日子,我除了坐在电脑前写材料就是跑机关打印室打印、装订各种资料,一个任务正在进行中,另外几份工作早已在后面排队。领导天天挂在嘴边的就一句话:白加黑,五加二。因此,我的周末几乎都在办公室度过。有好心人提醒我,不要只知道埋头干活,适当时要向领导汇报工作,走动走动,提提个人要求。我心想,领导当初已经说过调动的事,他应当心里有数。大约半年后,我跟他提起此事,他吹了吹茶杯说,不要急。时间一天天过去,依然未见动静,我才觉察有些不靠谱,渐渐萌生返回原单位的念头。那一年半里,我每个月都抽空回原单位走走。昔日同事见到我,客气地寒暄两句便各自忙手中事务,我只有讪讪地离开。在原单位与现单位之间,我成了一个悬浮的气球,飘飘悠悠,始终找不到一处合适的着陆地点。终于,我决心结束那段不清不楚、模糊尴尬的生活。那天,领导再三挽留,闪烁其词地表示正在考虑调动的事。我一字一顿地回答:我想清楚了,还是要回去。我终于明白,所有的复杂都源自蠢蠢欲动,源自一厢情愿,唯有简单才能让自己回到清晰的境地。

其实,生活中遭遇的尴尬远不止此。

某日,我去拜访一位杂志编辑(此前他看过我写的东西)。当他得知我正在某文学院进修后,竟然脱口而出——你能来这儿学习让我感到意外。我当时愣在那儿,脸上一阵火辣。奇怪的是,我的回答是什么,现在却没有丝毫印象。我们随即聊起写作,他说的都是一些貌似普通的道理,却有些深奥难解。那间窄小的办公室里,我与他相对而坐。四周是高高垒起的杂志,清茶的味道在鼻尖徘徊,谈话断断续续,加起来不足一小时,如入梦境。回去的地铁上,我的脑海里居然空空如也。我想,这次的谈话是不是清空以往、重新出发的起点呢?

清空过往,难道不是另一种充实?

四

每天上下班,都要横穿一条车水马龙的大街。城市的喧闹散布在四周,我只顾盯着眼前的路。公交车、小汽车、摩托车、电动车、自行车……从我身旁唰唰而过,废气与喇叭声一齐灌入我的鼻腔和耳朵里。我步伐从容,脑中偶尔闪过某部小说里的一个场景,多数时候是一片空白。灰白的天空,细密的雨丝,梧桐树下的行人以及静默的落叶,它们进入我的视线,只是天空、雨丝、梧桐树、行人和落叶。四季更替,风雨雪霜,花草枯荣和市声人流,都在我的世界里迅速退却。

我在人群里独行。

是的,比起众声喧哗的热度,我更习惯于踽踽独行的冷寂。

我常常诧异于自己的反应迟钝——暮春时节,面对极其容易触发某种情绪的景与物、人和事,我竟无动于衷。人届中年,是否已步入"看山就是山,看水就是水"的境地?

晚上,我经常一个人出去散步。

出了谷丰巷,进入仙来大道,雨中灯光异常白亮,夜色挟持路人手中的雨伞,仿佛朵朵移动的蘑菇。我呼吸着湿冷的空气,肺部一阵清凉。某种清晰的感觉迅速在血液里流动,化作脚底不竭的动力。前面一对情侣偎依在一把镶有蕾丝花边的雨伞下,女孩子的笑声从伞底游出,为寂静的夜晚注入一缕青春的气息。这样的夜晚属于他们,也属于我。素不相识的我们,因为这个夜晚连在一起。所有路人连在一起时,夜晚因此蓄满生动的未知。

那天,我与朋友相约去拜访一个幸福的奶爸。我拨通朋友的电话,朋友说他就站在路口。初春的风扫过我的脸颊,留下些许冰凉。我跺跺脚,借着隐约的路灯,看见灌木后面的高挑身影——灯光洒在他脸上,五官的线条异样分明。那一会儿,我内心竟然迸出一种奇妙的感觉:眼前此人真的是他吗?是昔日的他还是现在的他?春风徐徐灌进我的体内,分解、溶化我的思绪,推动我迈开双腿朝他走去。浩瀚时空暂时给了我们特定的一格,无数个特定的一格叠加在一起,能够使我们保持一种特殊的关系吗?无论如何,造物主赐给我们若干时空,我对它的慷慨满怀感恩。

闲时,偶尔翻阅以前写的东西,陌生之感扑面而来。那些文字下面潜藏的"我"是灯下正在敲击键盘的我吗?N年前那个喜欢在文字里低吟浅唱的青年,N年后却经常陷入沉默,他觉得沉默是与世界相处的最好方式。他陆陆续续写下一些文字,有的发表或出版了,更多的至今留存在电脑硬盘里。发表或出版的那部分,也许是成功的标志,对他而言,却成了质疑自己的有力证据——这些文字意味着什么?这样写下去有何意义?数十年如一日的生活方式值得继续坚持吗?

像参加一场高手如云的长跑比赛,他在喘息与汗水中低头看见自己虚弱的影子。影子在灰白的水泥地上缓慢移动,虚幻而飘忽。

五

儿子今年十五岁,和他的沟通越来越困难了。同样一句话,我的本意往往因为神情的细微变化,让儿子听出截然相反的意思,争辩便不可避免地发生了。我试图说服他,收获的却是针锋相对。我的声音提高八度,儿子干脆给我一个沉默的背影。以前读卡佛的小说,经常可见人与人之间无法对话的细节,那时只觉得卡佛的小说有些怪异,并未深思。现在才省悟卡佛的伟大。

再过两个月就要中考了,套用一句俗话——他将迎来人生中的一个重要转折点。现实残酷,只有升入重点高中,才有机会上好点的大学,为博取一个好前程打下基础。时间对儿子来说,每一分每一秒都十分珍贵。我不知道,儿子瘦弱的肩膀与中不溜秋的成绩能否扛住无形的升学压力。我只能一边偷看堆积如山的课本、资料和试卷中间那个身穿白色校服的背影,一边暗自叹息。记得二十多年前,我的数理化成绩不理想,最后硬是靠着演算一尺多高的试题,成为全校考入师范学校的五名毕业生之一。作为过来人,我曾多次向儿子传授我的学习方法,希望他能参考、运用。不知为何,他似乎置若罔闻。面对他的反应,我像面对一道无法破解的难题。半夜醒来,只有望着黑乎乎的天花板发呆。

因为担心自己某句话刺伤儿子,我尽力克制说话的欲望。最终我们的对话渐渐简化成:"爸爸,我走了,拜拜"和"爸爸,我回来了";我的回应更简单——"嗯"。也许这就是儿子长大的标志?是父子关系演化的必然结果?

一家之长,最原始的欲望也许是支配。每一位父亲总认为自己的经验是最合适最可靠的,因此也是最符合下一代需求的。他其实是想在儿子身上复制另一个自己。每当听见旁人说"你儿子真像你,简直就是你的翻版",父亲的反应一定是貌似谦虚实则狂喜的笑容。父亲像一个君王,希望儿子继承他的一切,包括令人难以忍受的缺点。可是,儿子年岁渐长,便不可避免地想要冲破父亲的阴影。

由此联想到昔日与父亲的相处。我的反叛意识来得晚一点,上了师范学校我才渐渐疏远父亲。那几年,父亲每次询问我的学习和生活,我都用最简单的词语敷衍。现在我常常反问自己,凭什么就认为我的选择一定是对的,一定是好的呢?这种源自心底的自我优越感是否会冲淡甚至浇灭儿子微薄的自信呢?既然个体都是独特的,为什么一定要按照父亲的思路去塑造儿子?

我极力想做好一个父亲,得到的却是茫然失措。十五年倏忽而过,蓦然回首,我甚至觉得"父亲"这一家庭角色赋了我的是一片荒芜。尽管每天为细碎而充盈的日常生活奔忙,我还是发觉缺少了什么。是的,我把自己丢失在循环往复的生活节奏中,从未停下来思考"父亲"一词的真正内涵。

六

世界是一个辽阔的存在,比世界更宽广更幽深的是人的内心。

前段日子,读完麦卡勒斯的长篇小说《心是孤独的猎手》,我为作家笔下的美国南方小镇着迷,更为两个哑巴——辛格和安东尼帕罗斯之间的质朴友情唏嘘不已。我所在的小城,春节后的一个多月里几乎天天下雨。安东尼帕罗斯被送进州立疯人院后,辛格的孤独和落寞便伴随窗外密密的雨丝,把我裹进厚厚的感伤中,甚至连呼吸都有些不畅。我以为辛格从此会把自己禁锢在房间里,但是没有,他最终将深不可测的孤独埋在心底,反而成为一个善解人意的倾听者,一个理解与包容万物的圣人。小说第二章末尾,辛格得知安东尼帕罗斯死了,"他从口袋里掏出一把手枪,向胸膛开了一枪"。小说并未就此结束——考普兰德医生、醉鬼杰克离开了小镇,米克长大了,比夫的餐馆依然通宵营业……逝者已矣,生活仍将继续。就像比夫,"当他最终回到屋里时,清醒地调整了自己,准备迎接早晨的太阳"。孤独与忧伤的背后,善良和宽容是支撑人类向前行走的动力,正如虚无与荒凉之中必须竖立一块坚实可感的路标。

从《心是孤独的猎手》中能读到孤独与善良,福克纳的《喧哗与骚动》则让我透过一个美国南方地主家庭的破败和荒芜,遇见一则关于人类命运未来走向的寓言。

康普生的女儿凯蒂轻佻放荡,和一名男子幽会,怀孕了却不得不与另一个男人结婚。婚后丈夫发现隐情便抛弃了她,她只好把私生女(小昆丁)寄养在母亲家,去了外地。兄长昆丁因为凯蒂的遭遇精神失常,最终投河自尽。凯蒂的大弟弟、自私冷酷的杰生眼睛里只有金钱和仇恨。小弟班吉是一个先天性白痴。在这个面临崩溃的笼罩着阴郁气氛的家庭中,黑人女佣迪尔西是唯一一个亮点,琐碎繁杂的家务也不能阻挡她复活节那天去教堂聆听牧师的布道。在教堂里,"迪尔西背脊挺得笔直地坐着,一只手按在班的膝盖上。两颗泪珠顺着凹陷的脸颊往下流,在牺牲、克己和时光所造成的千百个反光的皱折里进进出出"。回去的路上,迪尔西对女儿弗洛尼说,"我看见了初,也看见了终"。这句话把我牢牢钉在椅子里,我思考许久,觉得它的内涵实在丰富。一个人究竟用什么作为生命的坚实基石?财富,声望,还是地位?我想都不是。除了福克纳评价迪尔西时所说的"勇敢、大胆、豪爽、温存、诚实",还有忍耐、毅力与悲悯情怀,这些普通人身上应该具有的美德才是我们破除虚无、赖以生存的东西。

七

一天在饭桌上聊到愿望,儿子脱口而出:"我的愿望是开一间超市,尝遍里面各种食物。"

没想到儿子的愿望居然如此"朴实"——再也不是科学家、工程师、飞行员之类;更没想到,他开一间超市的目的不是追求金钱与利润,只为满足最基本的生存需求。我明白,儿子所指的食物并非五谷杂粮,而是那些包装精美、经过很多道工序加工出来的袋装食品。

吃食方面,我向来不怎么讲究。我认为味道再美,恐怕也脱不开酸甜苦辣咸吧?然而为人父母者,每天起床第一件事就是想方设法让儿女吃好。从营养、口味,到颜色搭配、形状创新,甚至追溯食材来源,严守安全关卡。这些方面耗费的心力多到无法计算。儿子就不一样了,他的舌头似乎专为挑剔而生。比如,他不喜欢吃韭菜,吃完饭,碗底便留下一层碧绿的韭菜叶子。他不爱吃生姜,便把作料用的生姜片、生姜丝一一陈列在饭桌上。他对我们烹调的菜肴称赞有加的次数并不多,使我多少有些沮丧。

听到儿子的"愿望",我的第一反应是,十五岁的他还是那么幼稚。关于他的幼稚,还可以举出许多例证:床底下至今摆放着各式各样稀奇古怪的玩具;阳台上的纸盒子里塞满从各处搜集的纸片、空笔芯、橡皮,甚至一截枯树枝;养了两盆野草,隔三岔五给它们放点音乐……后来仔细一想,一个人倘若什么都不做,光坐在、躺在或站在某处,很容易成为空虚的俘虏,而无法证实自己的存在。存在感靠五官的刺激激活,"吃"便成为首选方式。

空虚和无聊极易使人发现人生之无意义,人便沉浸在各种事务中,借以充实自己,自然包括吃喝玩乐。因为他们害怕停下来,害怕面对静止的自己。这样的人生逃避省察和反思,只在感官刺激中完成活着的确认。如此,及时行乐与得过且过便成为一部分人的生存哲学。

可是,人生而为人的悲剧在于,他(她)能清晰地看见亘古寂寞的宇宙里极其短暂的一生。万物皆有独特之处,存在的价值往往就体现在"独特"二字上。不深究"独特"二字,很容易陷入虚无的泥潭。享受科技奉献的若干成果时,倘若能够按照自己的愿望自由地活下去,便是在空幻中建造了一座坚实的人生之塔。

待到无数座形态各异、绝不重复的人生之塔矗立在广袤宇宙中,人见了焉能不"悲欣交集"?

暗

A

　　光线、形体和色彩,是造物主煞费苦心留在世间的神迹。

　　从出生那刻起,一个人便开启了对光的不懈追求。毛茸茸的脸盘上,小眼睛刚睁开,便朝向光线的源头。这也许是动物的一种本能反应,潜意识里认为明亮之境更为安全?以为在光线抵达的地方,丑恶与危险便无处容身?年岁渐长,经常重复的游戏是"捉迷藏"——桌子下、门背后、衣柜内,甚至光线暗弱的角落里,一个人借助外物的遮掩,或蹲或立,屏声敛气、心跳怦怦之际等待另一个寻找目标的人。躲藏与寻找,由光明步入黑暗,秘而不宣的快乐和搜寻过程中的紧张与焦虑,构成一种关于人类处境的绝妙隐喻。细想,假如将隐藏在暗处的目标比作事物的真相,人类存在的终极目的不就是千方百计追寻那个真相?寻找,获得,再寻找……循环往复,一代代人在这个游戏中积累经验又刷新经验,并始终保持一股坚定而纯洁的意志力。

然而,很多时候明与暗的界限并不清晰。明与暗交汇融合的地方,或者说过渡地带,缥缈隐约,内涵丰富,总能使人浮想联翩,沉迷其间。如果说白天给人以准确、鲜明、安全,黑夜无疑是模糊、忐忑,甚至深不可测的。相较简单明了的白天,夜晚就如一个硕大无朋却薄如蝉翼的容器,盛满了浩瀚的悬念与未知。因此,在明暗相接的地方,了然于胸和惴惴不安奇异并置,仿佛一个强力磁场,将人的精神和意志牢牢吸住。这些丰富的内涵在艺术家笔下,常常表现为主客世界的合二为一。

闲时翻看画册,常常痴迷于画家对光线的精妙处理。十九世纪英国画家透纳的笔下,常有明暗融汇、光影浮动,画布上弥漫着一股自然的静谧与安详。那幅作于1835年的《月光下的运煤船》,画面中间稍左,一轮圆月悬于半空,月辉与云层水乳交融,浑然一体,海面上浮光跃金,如梦如幻;左右两侧的货船停泊在夜的翅膀下,黑乎乎的甲板上隐约可见工人卸煤的紧张场面,与月色笼罩下的海港动静相宜。工业和自然——两种气质截然相反的事物在画家笔下和谐相处,交相辉映。这幅画中,最吸引我的是那些薄暮中的劳动者。暗影中的货船,货船上忙碌的身影,汗渍、咳嗽、粗重的呼吸以及节律鲜明的劳动号子……在光影的渲染下无限放大,纤毫毕现。那些暗处包容的事物让人的视线和思维不断延伸,甚至延伸至远处的工厂和简陋房子里的老人与孩子。谁能说这只是一幅纯粹的海边风景?工业的雄浑脉搏在夜色掩护下律动,它们与画家对时代的观察、把握紧密连接,整个画面传达的信息无限丰富,让人顿悟暗处潜藏的东西其实远远胜过光线烛照之处。另一幅名为《远方河流和海湾的风景》的作品,除了画布右上角隐约可见小部分湛蓝色天空,其余部分几乎被酣畅淋漓的红、黄、绿三色覆盖。光线从湛蓝色天际投射下来,迅速被海湾和河流上方的云雾吞噬,而近处堤岸上绵延起伏的植被则裹在一团朦胧中。河面上混杂腥味的湿气与草丛、灌木间的虫鸣迎面涌来,凉风习习,自然的辽阔和深邃使人垂首沉思。

画家如何用明暗关系表达其对客观世界的认知和创造?这是一个十分有意思的话题。光线的方向、强度决定阴影部分的位置与色调的深浅;明与暗的对立、交错、纠缠、融合、辉映,共同构成了生生不息的大千世界。

面对这些风格迥异的画作,我的最大感受是,与其立在明处接受光的抚摸,不如坐在暗处,和隐藏的事物一起聆听万物齐诵的和声。

B

一天二十四小时当中,我颇喜欢独处的时光。

我固执地认为,每个人每一天都应该匀出一段时间用来直面自己,就是说,快节奏的生活旋律中需要插入一两个休止符。

我的休止符常常安置在夜晚,在暮色覆盖城市、深空无限寂寥的时分。

有几次夜归,想起来仍回味无穷。一次是在冬天,雪花裹挟着寒气在我脸上扑簌簌落下。我踩在印着深浅不一脚印的人行道上,小巷两侧的围墙如两个智慧长者,相对而坐,看时光在夜的肌肤上悄悄滑行。高楼、平房、树木、铁门、垃圾桶……披上一层薄薄的雪花,路灯映照下,那种奇妙的轻盈之美瞬间击中我的神经。那段时间,我正陷入选择的泥淖中,为拥有还是放弃而纠结万分。未料到,眼前夜景使我豁然开朗。我仰起头,望着深远的夜空,舔了舔嘴边融化的雪花,一个决定悄然落在心底。还有一次是在夏夜。零点了,小区旁边夜宵一条街上仍然散坐着或光着膀子或衣着光鲜、长发披肩的食客。麻辣鸭头、油爆龙虾与冰镇啤酒混杂的古怪味道悬浮在路灯光线所及处,一个斜挎吉他的瘦高少年还在轻唱《蓝莲花》,一个脸上沟壑纵横的拾荒者正弯腰捡拾垃圾。城市生活的某些真相刹那间掷在我面前,不容我细细思量。我为白天迟钝的我羞愧不已。

除了夜归,最好的时分应是把自己关在书房内,打开台灯,坐在桌前。灯光呈扇形,笼罩着桌上的一小片区域;暗褐色的墙壁以及书架上的书籍和杂志,把我的思绪引向更深更远处。我翻开某本数年前购买的一直未看的书,或摊开一页稿纸,或什么都不干,只"老僧入定"般坐着,默数时间的脚步隐入自己的心跳和脉搏。我更愿意把这段时间视为清空阶段——清空白天小得小未载的琐事,清空夜晚不断冒出的杂念,进入物我两忘的境地。

如果将生活比作一座冰山,那么,白天只能是浮出水面的一小部分;其余庞杂的丰沛的淋漓的部分都在暗夜。有个词语叫"光天化日",可理解为人的行为举止受光线的约束与训诫,光充当了上帝之眼。那么夜幕笼罩下,又会上演多少动人心魄的故事?虚伪、丑陋、肮脏的交易和争斗不多半是借助夜的掩护进行的吗?有人灯下反观自身,清洗灵魂的污垢;有人暗中无视道德底线,大干苟且之事;有人洗尽疲惫,酣然入梦,也有人在工地上挥汗如雨,为了生存不得不一再压缩睡眠时间。暗夜里,静谧与嘈杂、高尚和卑劣共存。就像一个巨大、混沌的球体,从任何一个侧面观察,都无法识别它的全貌,破译它的秘密。

但有一点,许多事物会在黑暗中回归本真。月色朗照下,动物、花草、河流、星辰,甚至尘埃,在夜神的指引下各自返回出发之地。亘古洪荒。黑暗中,低回的音律烫平灵魂的每一处皱褶,一切恰似初生,泛着纯洁而诱人的微芒。

C

每个人心里都装着无穷秘密。有时候即使面对知己,那些秘密也未必会全部泄露。总有一部分藏在某个角落,像所罗门王的宝藏。

一次和几个朋友在院子里散步、聊天,我们彼此要求对方无保留地交出一个秘密。其余人说了什么,由于时间久远我已没有多少印象。我只记得自己有些伤感地讲到,我的初恋竟然成为我现在好友的妻子。也许我讲述时,重音落在"竟然"二字上,朋友听了,轻描淡写地说,这种事常见啊。我没接话茬。其实他们不知道的内容更多:初恋时的幼稚愚蠢,相逢时的心尖一颤,貌似平常实则心领神会的关怀,混沌芜杂、牵扯不清的悔意、遗憾、嫉妒、释怀……更为离奇巧合的是,我的妻子竟是初恋的同班同学,我俩的认识和相恋正是她从中撮合的结果。我至今没弄明白,她为何撮合我俩。是想弥补遗憾,还是不忍见我孤身一人?就这样,我在三个人中间旋转,世界迅速变小,变窄。一些秘密在我、妻子、初恋、好友四个人心间共存,但由此酝酿、生发的蓬勃情绪却各有发酵后逐渐成形的版本。直至有一天,初恋隐晦地告诉我,当初参加我们的婚宴时,新婚妻子竟然给她无法理解的表情和混杂责难的言辞。我愕然。自然也无法求证。如今,我们两家依然维系着世俗社会中应该保持的关系和距离。偶尔见面,相互寒暄,像若干家庭聚会一样,话题绕不开孩子、房子与票子。剩下的便是彼此沿着生活的轨道默默前行。

一位朋友在一篇文章中写道:"走在人群中,我对每一个人保持友善,但是极少有人可以真正走进内心。"是啊,谁能做到毫无保留地袒露心扉?那些埋在最黑暗处的东西,是蓄满能量的爆炸装置,它们甚至跟伦理道德和做人的基本准则关系密切。暗处,充盈其间的无穷内涵使它成为每个人小心翼翼地防守的雷区。

两个人,哪怕他们的关系再亲密,也不能做到无话不谈,做到彼此透明。因为保存秘密是人成为独立个体的基本前提,甚至关系到人格尊严。小时候,男女生同桌,第一件事就是在桌子中间画上一道分界线。谁要是逾越这条界线,必定遭受对方的白眼甚至肢体攻击。也许大家潜意识里认为男女有别,但谁能否认,这也是追求独立空间的激烈表现呢?库切的小说《耻》中,卢里教授因勾引一位女大学生而离职,与女儿住在农场里。然而,相处时间一长,父女二人的关系也变得异常微妙。特别是女儿被三个当地人强奸后,父亲愤怒之下劝说女儿报案,女儿居然很冷静地叫他不要管这事。按照日常逻辑,父亲的举动是一种本能反应,是一种天然的关怀,但在女儿看来,父亲此举显然越过了一道隐形而致命的界线——他并不清楚作为白人后代的女儿想要在南非继续生存下去需要做些什么。关心却成为打扰、干涉与伤害,是因为没有弄清楚人与人相处的基本前提是相互独立。

世界这么大,有些东西却注定只属于一个人。隐秘的欢愉与哀愁,悸动和释然,疲惫及无奈……都在那条看不见、摸不着的无边暗道里。日光照射万物,那暗道却像太平洋底的马里亚纳海沟,是地球的伤口,也是承载无数秘密的矿区。对于这些秘密,我想我们无须破解,只需用时间给它们封印。因为暗处包容和消解了一切,仿佛宇宙深处的黑洞,不知过往,也无法窥测未来。

D

读师范时,我几乎把学校前面书店里的武侠小说看遍。梁羽生、金庸、古龙、温瑞安,《七剑下天山》《白发魔女传》《书剑恩仇录》《射雕英雄传》《天龙八部》《倚天屠龙记》《多情剑客无情剑》《绝代双骄》《小李飞刀》《四大名捕》……我沉迷在武侠的世界里,快意恩仇。那些年,我印象最深的是,常常对书中那些用暗器伤人的卑劣行为嗤之以鼻。什么"生死符""孔雀翎""冰魄银针""唐门暗器",还有裘千尺的"枣核"……不是让人"求生不得,求死不能"就是杀人于无形。总之都是些躲在暗处的下作勾当。

人人皆知,无论暗器还是毒药,都是在对手猝不及防的情况下使用的,是"趁机",是所谓"明枪易躲,暗箭难防"。武侠世界中,真正的较量乃是一对一相搏,以取胜为终极目标,可有些人自觉技不如人,便使出暗招阴招。细细考量,暗器的使用并非那么简单,其间包含着极其复杂精密的算计(对手的弱点,时机的把握,损伤程度的拿捏等)。歹人怀揣"一招制胜"的利器行走江湖时,不知其内心某个角落是否残存一缕世俗男女的柔情?

相对一个明处的目标,暗的范围实在太大,大到让人防不胜防,小人几乎随时随地都有可能对其发动袭击。暗处成为恐惧的发源地,让笼罩在光线下的人忐忑不安。诱惑、圈套、陷阱、诡计……像一张蜘蛛网,一旦落入其中,只有任其宰割。那一刻,所有的正义与耿直,磊落和纯洁,都被一双无形之手绞杀。君子坦荡,却频遭小人暗算,这种事例并不鲜见。

经常在黑暗中行事的人,熟悉各种机关后,在别人面前显得神通广大。正常渠道没法解决的事,他能给办了;普通人经验之外的事,他件件知晓;甚至官员升迁调任的背景,他也能绘声绘色地说出个子丑寅卯。当然,也有虽然不伤及他人却暗中谋取私利的行为:为办妥一件事,或为达到某个目的,挖空心思,或求亲托友,或请客送礼,甚至溜须拍马,无所不用其极。表面看,这并未妨碍他人利益,但深究下去,这种行为假如不加以遏制,任私情横行,公平正义便有被围剿的可能。摆在大家面前的均等机会被少数人攫取,成为少数人才能享有的福利,社会肌体就有被蛀空的危险。

一位原先在某企业就职的朋友说,他一个工友为了调换垂涎已久的岗位,硬是给领导洗了三个月的内裤。电视剧《人民的名义》里的公安厅长祁同伟,为了升迁竟然跑到养老院里给老检察长陈岩石做花匠,而且干得不亦乐乎。工人与公安厅长的所作所为并未遮遮掩掩,而是落在工友和新上任的汉东省委书记沙瑞金眼里。大家认为上不得台面的行为,现在搬到太阳底下了。我们这儿有句民间谚语"不打湿手蘸不起芝麻";清官海瑞所到之处均不招人待见,以致"官越做越大"——都巴不得把这个"异类"送走;陈岩石老人说他引起了"官愤"……四处暗流激荡,顽石必受冲击,一不小心就有被卷走被冲走的危险。

一个"特"字描绘世象百态——特别、特殊、特权、特供……而等级划分在人的额头上打下无形印记:飞机有头等舱、商务舱、经济舱,高铁有商务座、一等座、二等座,银行设有专为某类客户服务的VIP窗口,经济实力越强的人越能享受各类特殊服务,普通百姓却经常"一票难求"——他们的时间好像富裕得可以随便处理。当越来越多的社会资源向某一特定阶层倾斜,公平分配便成为横亘在普通百姓面前的一道鸿沟。

当门路、关系、资源这些词语大行其道时,实干、敬业与努力也就渐渐远去了。当暗处的诱惑向人频频招手,眼波流转,有些人即使处于明处,也只剩下心不在焉的表演。这种时候,明处成为某些投机分子向权贵阶层送秋波、抛媚眼的舞台。在台上,他们的脊椎低得不能再低。

茫

一

只要摘下眼镜,物质的色彩、形状、线条和它们与人之间的距离便毫不留情地蒙上一层薄雾。"清晰"与"准确"便成了我与世界之间无法逾越的一道鸿沟。

首次发觉自己视力下降,是在初三下学期的某一天。

那天下午上语文课,我抬起头看黑板,蓦然发现上面的粉笔字有重影。我的脑海里"哐当"一声,似乎有某个重物掉下,老师讲课的声音刹那间变得遥远而模糊。我眯缝着眼,脖子使劲往前伸,才勉强看清楚那些字的笔画。当年少不更事,并未把此事放在心上,正好旁边有个同学配了一副眼镜,做课堂笔记时便经常借用。繁重的课业让我无暇追究近视的成因,我只能随着如山的试卷与作业沉浮。多年以后,我才省悟,视力急剧下降的主要原因是夜晚复习功课时养成了一个恶习。初中三年,我借宿在一位亲戚的单身宿舍。亲戚是一位不苟言笑的数学教师，课余待在宿舍里时喜欢喝酒，偶尔抽查我的作业。因此每逢周末返校，我总会将两玻璃瓶自家酿的水酒轻轻放在他床前的办公桌上。每天晚自习后，我都会在房间里继续复习功课。屋里仅有的一盏二十五瓦白炽灯悬挂在亲戚的床边，我的小床紧靠北墙，灯光抵达小床上空时已经被稀释得昏黄而暗弱。我坐在床上，把英语、语文、政治课本摊在薄薄的被子上，借着模糊隐约的灯光默读、强记蝗虫般的知识点。如此往复，时间一长，视力自然直线下降。

当年近视的同学不少，但没几个戴眼镜的，特别是成绩不怎么样的，更不敢戴，因为大家都觉得眼镜是知识的象征。尽管视力明显下降，我却只能懵懵懂懂地硬撑着。1990年考上新余师范，我才在街边小摊上买了一副近视眼镜。

长期近视容易使一个人的眼神变得木讷，万物因为特征的弱化，在他眼中渐次失去吸引力。我的亲戚、朋友、同学因此对我常有怨言，说我碰见他们也不打声招呼，有为人高傲的嫌疑。记得有一年，在回乡路上碰见一个初中同学，据这位同学后来的说法，他当时跟我打招呼，我居然毫无反应！同年春节，大姐（那位同学和她一个村）告诉我，那人特意找到她，说我一双眼睛长在头顶，成绩好就瞧不起同学了。2014年在鲁院学习，与几个同学聊天时，其中一位说，前几天她在教室门口碰见我，没料到一声脸带微笑的问候竟然换来我的视若无睹。奇怪的是，我对此事竟毫无印象。最后，她无限诧异地摇摇头说，从未遇见过像我一样傲视万物的人。

视力弱化对一个人待人接物竟然产生如此巨大的影响，这是我未曾料到的。更令我困惑的是，近些年来听力也似乎有所减退。

我居住的小区紧靠一座大型建材市场，平日听到最多的声音便是金属敲击与切割声，久而久之，耳畔便终日萦绕这种尖利而粗鲁的声响。这些声响遮蔽了许多让人心旷神怡的事物，比如风声和虫鸣。我深知，这是移居城市的代价。如果从声音性状辨识，城市应该属于机械，属于坚硬，属于毫无章法的喧嚣。尤其难以忍受的是，在众多声音的围剿下，我竟然产生幻听。好几次，我言之凿凿地说，外面正在下雨。妻子闭目侧耳，继而予以否认。我不信，拉开窗帘一瞧：天空暗灰，大地一片干燥。对面楼道里，一个头戴黄色安全帽的工人在切割瓷板，刺啦刺啦的声音打着旋儿飞向每一扇窗户。奇怪，瓷板切割声怎么会听成雨声？一天午睡后起床，朦朦胧胧间竟然清晰地听见父亲喊我。我摇晃着起床，把每个房间都查看了一遍，却一无所获。惊疑之余，我拨通父亲的电话，问他在干什么。父亲说他在放牛。"牛在山上，我守在路口。"父亲的嗓音有些沙哑，夹杂湿润的喉音，听起来有些失真。我对电话那端的人的身份产生了一丝怀疑。挂了电话，父亲喊我的声音依旧沉甸甸地挂在耳边。我立在窗前想，难道还有另一个不为人知的时空？抑或真有"灵魂出窍"一说？

二

近年来，我居住的这座小城，竟然雨后春笋般冒出数十家冠以

"长沙×××"的饭店餐馆，它们或雄踞闹市，或隐于城郊，生意红火得很。朋友聚会、亲戚往来之时，我也曾数次获邀前去消费或做东埋单，结果吃来吃去除了咸、鲜、甜，却尝不出别的味道。我不知道，是自己变得更挑剔了还是味觉功能退化了。又想起刚进城那年，孩子还小，老婆在乡下，向来不下厨房的父亲毅然挑起买菜做饭的担子。过惯了苦日子的父亲专买便宜的蔬菜，炒了放在桌上，食之寡淡无味。起初我不好说他，觉得老人刚进城，可能不太适应；后来见他天天如此，实在忍不住了，便建议多买点荤菜。见父亲有些不悦，我耐心地跟他解释，说现在不像从前，大家的生活质量提高了，鸡鸭鱼肉遍地；即便是蔬菜，下锅时多放点油也更香啊。父亲听了，啪一声放下筷子，正色道，挑三拣四，左右不是。我看你是下多了馆子，吃高了口味！弄得我无言以对。以致一段时间内，我都在反思，是不是真的像父亲说的那样"吃高了口味"。可惜直到现在，我依然没弄清楚。

多年前去龙虎山，在上清宫品尝道教古镇三大名菜之一"上清豆腐"。白玉似的豆腐脑上撒上点点翠绿的葱花，用瓷质调羹舀一小勺，清香四溢，入口即化，这种妙不可言的感觉至今留存在我的味蕾深处。可惜美好往往唯一，他日便不可复制。后来，我确实曾试着调弄一道本真的"豆腐"，却只有吞下失败伴生的沮丧与郁闷。

看来，味觉似乎专为回忆而生。不知道若干年后，人类的舌尖还能不能敏锐地辨别五味？

五官的困惑与迷茫尚居其次,无法回避的是思想的茫然。

父亲在他的回忆录中写道,十八岁那年,被迫中止学业的他去一个荒山农场当记工员。十八岁可谓风华正茂,却被关在深山老林的一座茅棚中,备受孤寂无助的煎熬。父亲说,当年的不堪经历讲出来后,竟没几个年轻人相信。无法想象,两年炼狱般的生活在父亲的年轻时代中居于何种地位。"未来",这个让无数人激情澎湃的词语,在父亲心中恐怕只是茅棚顶上积存的一层枯叶吧?奇怪的是,我十八岁那年居然也经历过类似的考验。师范毕业后,我分配在一所偏僻的乡村小学。学校八个教师中,我是唯一的年轻人。每天放学后,其他老师都回去了,偌大的校园内就剩下我一人。孤灯残影,似破庙里的落魄老僧,不甘寂寞的心在空寂的围剿下支离破碎。那些年,我几乎在沉沦中度过。关于未来,我也曾作过若干设想,但"坐以待毙"这个词像一柄利剑,始终高悬于我的头顶。眼前除了大山还是大山,一条灰白曲折的乡间公路在视野尽头幻化成一团迷雾。若干年过去,我告别乡村进入城市,享受现代文明赐予的繁华,但在热闹与丰裕的背后,我仍然时时陷入一片空茫。

我不知道,是外界诱惑过多,还是自己定力不足,清晰总是离我那么遥远。在我心中,万物混沌,时光倒流,世界重回遥远的荒芜。也许有人会说,这是缺乏理性的表现。可是,真实与真相究竟隐匿在何处?我总觉得人类居于无限之中,所作种种努力皆为有限,换句话说,就像一只蚂蚁爬行在一望无际的沙漠里,永远无法到达沙漠的边界。在一个相对固定的时空中,人可以暂时获得清晰,但这个清晰只是过程中的偶得,而那个无始无终吞噬一切的黑洞永远在另一端等候。

三

闲来无事时,我喜欢读帖,尤喜历代名家书帖。

茶香盈室,坐看那些经由无数目光瞻仰与摩挲的书帖,思维随着笔墨的轻重缓急游走,仿佛能够透过厚重的历史帷帐,窥见某些伫立沉思或灯下挥毫的清癯身影。每读一帖,便仿佛与书者作促膝交谈。墨气淋漓中时空交错,恍若隔世。

有书界朋友向我推荐钟繇的小楷。于是,有段日子几乎天天对着他的《宣示表》发呆。时间一长,恍惚若有所得。观其字,点画之间古意盎然,既得汉隶之严整又具章草之活泼。无怪乎唐代张怀瓘评价钟繇"真书绝世,刚柔备焉,点画之间,多有异趣,可谓幽深无际,古雅有余……"

静心揣摩书者笔意之时,自然生发追踪书帖来历的兴趣。

魏黄初三年(222),曹丕已有伐吴之意,太尉贾诩却明确表示时机尚未成熟。江东孙权嗅觉异常灵敏——他察觉曹魏想要讨伐自己,由于准备不足,便赶紧上表称臣。对于孙权的上表,曹氏政权似乎并不重视。时任廷尉的钟繇审时度势,给曹丕上奏《宣示表》,劝后者接受孙权的归附请求。虽然后来事情的走向发生了偏差(上表不过是政治家惯于玩弄的把戏,是年冬月,孙权叛乱),字里行间却浮现一位谨慎谦恭、忧国勤君的忠臣形象。然而,一千余年前,灯下执笔落墨的钟繇,其内心究竟经历了怎样的波澜起伏和曲折回环呢?有没有彻夜难眠的辗转与纠结?历史于此遗有大片空白。我唯有瞻仰后人临摹的碑帖(据传王导东渡时将此表缝入衣带携走,后来传给侄儿王羲之,王羲之又将它传给好友王修,王修去世时带着它入土为安,自此不见天日),藉此做些推理与幻想,由此陷入幽深的时空隧道,畅游而不知所终。

王羲之《兰亭序》真迹现今已无处可寻,传说它已跟随唐太宗长眠于昭陵,"天下第一行书"留下冯承素的摹本,任后人顶礼膜拜。每次观摩此帖,恍惚之中依稀见到一张张绿树掩映下端坐凝思的脸,隐约听见淙淙水流及吟诗间隙的拊掌大笑。山风卷起众人宽大的衣袖,酒气混着才气在竹林间漫游,氤氲馨香。

那是晋穆帝永和九年(353),暮春三月,草长莺飞。已入天命之年的右军将军、会稽内史王羲之,邀集宦游或寓居越中的谢安、支遁、孙绰、许询等文朋诗友四十二人,在会稽兰渚山下的兰亭举行一次别开生面的文艺Party。当日东风徐徐,鸟鸣啁啾,一干人微醺之余共作诗三十七首。王羲之汇集各家诗作,乘着酒兴,铺开蚕茧纸,轻捏鼠须笔,书下行云流水般的二十八行字:"魏晋风度"的经典标志——《兰亭序》。

细读《兰亭序》,对人生短暂的无限感慨油然而生。人活一世,草活一秋,都不过一瞬间的事。在这混沌世间,真实和虚幻、有限与永恒无疑是一道让人痴迷并反复参悟的哲学命题。然而一切事物

"俯仰之间,已为陈迹",唯有时间才是默默无言的终极裁判。

四

不知为何,古人的书帖常常让我想起博尔赫斯、舒尔茨,还有卡夫卡等人的小说,也许因为二者背后都隐藏着一种幽深莫测的时空感?

记得一次与朋友喝酒,不知怎么,忽然谈到博尔赫斯,谈到他的小说《刀疤》。

那天是北京的一个春日,有难得一见的蓝天白云。在一家名为"三苏酒家"的饭馆,朋友复述完小说主要内容,举着啤酒杯看着我。午后阳光透过玻璃窗投射在他身上,一股毛茸茸的暖意摇晃着从我的胃里翻涌上来。那一刻,我倒是产生了一种错觉——眼前这个举着酒杯的人不就是小说中那个讲述者——红土农场的英国人吗?随着叙事的铺展,故事中的"我"居然成了他者,第三人称却悄然变成叙述者,这篇小说的诡异之处正体现在此。那么究竟谁才是真正的"我"?博尔赫斯仿佛一个狡猾的魔术师,使读者在他的把戏面前茫然失措。

是耶?非耶?

波兰作家舒尔茨笔下的"父亲"形象,一直令我着迷。"父亲"热衷于孵鸟蛋,研究禽鸟学教科书,当他居住的阁楼成为鸟的天堂后,"他有时完全走神,从桌边的椅子上站起来,摆动着两条胳膊,好像胳膊就是翅膀,然后发出一声悠长的鸟鸣音"。(《鸟》)另一篇小说中,"父亲"由最初猎杀蟑螂到最后"他忧郁地望着自己的双手,查看皮肤和指甲的硬度,皮肤和指甲上开始出现蟑螂鳞片的黑点"——成了一只地板裂缝中的蟑螂。最匪夷所思的是,"父亲"化身为一只蟹后,母亲居然把它煮熟了端上餐桌!不过,这只煮熟的蟹被母亲放在起居室里几个礼拜后,又奇迹般活了过来,留下一条腿"横在盘子边缘",而"拖着身子去了某个地方,开始过起一种没有家园的流浪生活"。(《父亲的最后一次逃走》)这些充满奇崛想象力的画面或隐喻,是舒尔茨创造的瑰丽无比的神话世界,也是一座介于现实与虚幻之间的、结构繁复的纸上宫殿。它让人依稀看见,现实的边缘地带其实隐藏着一个更为广阔、幽深和神秘莫测的境域。正如我们面对那些浩如烟海的书帖,泛黄的白纸和模糊的黑字之间游动着书者的情怀、抱负与叹息,传递一种异样玄妙的人生体验,横竖勾点提之间自有一颗强大的心脏所能拥抱的浩渺宇宙。

作家余华论及舒尔茨和卡夫卡二人时说:"布鲁诺·舒尔茨与卡夫卡一样,使自己的写作在几乎没有限度的自由里生存。"的确,"没有限度的自由"是每个写作者神往的境界,写作者进入这个自由王国时,语言和具体事物之间的关系立刻变得奇妙无比。在写作者的指引下,文字与情节从纸上出发,隔着苍茫时空和灯下阅读的人产生了心灵呼应。

在《乡村医生》的开篇,卡夫卡写到,一个暴风雪之夜,身为乡村医生的"我"必须前往十里之外的村子诊治病人,却因为没有马而一筹莫展。多么似曾相识的一幕！这种离奇的尴尬遭遇现实世界里难道不会发生吗？俗话说"救人如救火"，这的确是一件让人心急如焚的事。读到这儿，我也为医生的窘境着急万分。不过，且看卡夫卡如何打破这个僵局——神思恍惚的"我"在院子里来回走着，往"多年不用的猪圈的破门上踢了一脚"。奇迹发生了：两匹膘肥体壮的马"从那个被它们的身体塞得满满的门洞里挤了出来"。真正是"山重水复疑无路，柳暗花明又一村"，这神奇一脚为故事的走向注入某种新鲜而别致的元素，小说情节演进至此突然转向，意蕴立时丰盈起来。医生为了达到施救的目的，不得不靠灵机一动的"一脚"，这似与佛教中的"渡人渡己"有某种联系。读完小说，我从乡村医生最终陷入救人与自救的荒谬境遇中隐约发现某些惊人的现实，但卡夫卡最让我敬佩的还是那别开生面的"一脚"。同样令人惊异的故事发生在《煤桶骑士》中：寒冷无比的冬天，"我"的煤全用完了，为了生存，"我"不得不骑上空的煤桶去向煤炭行老板求助。然而，老板娘对"我"及我的求助视而不见听而不闻，还"解下围裙"，挥打着把"我"赶走了。两个世界：一个离地数米高（煤桶骑士的空间），一个则是设在地窖里的煤炭行。二者自始至终无法沟通。荒诞之中依然藏有一种鲜血淋漓、惊心动魄的真实。

　　卡夫卡的笔端有一种巨大的魔力，他的小说仿佛一个巨型旋涡，总能让读者在貌似有悖常理的叙事中心尖一颤，留下诸多感叹和诧惘。我也由此常常联想到蒲松龄和他的《聊斋志异》。有人说蒲松龄借叙写人与鬼或狐仙的情谊讽刺现实世界的冷酷，我却感觉他创造的纸上世界其实正是万千现实之一种。

五

每次行走在街道上,旁观呼啸而过的汽车,神态悠闲的路人,以及默默伫立的灌木和四季常青的香樟,不免慨叹人类视域之局限。此时此地,我眼中的世界方圆不及数公里。数公里之外呢?数千数万公里之外呢?数百光年之外呢?那些遥远之处的事物与我目前的处境有何关联?遥想当年,微醺的王羲之在著名的《兰亭序》中写道:"仰观宇宙之大,俯察品类之盛。"其实,日常生活中,我们何曾刻意关怀过头顶的天空与脚下的大地?假如没有媒体关于雾霾连篇累牍的报道,我们安享空气的同时似乎并不曾考虑过它的质量。空气自地球诞生之日就存在,在它的滋养下,万物繁衍生息。它的成分、性质、作用,只是中学教科书中的一个知识点而已。至于大地以及生活在其上的花草鱼虫,仿佛都是上苍早已准备好了的,并不觉得有何值得深究之处。经年累月,我们平视前方,所见之物始终是那几样,永远不会超出既定范畴。

可否据此认为,没有"仰观"与"俯察"的角度,便无法感知"无限"?至少无法感知人类自身的渺小和物种的丰富吧?如此,究竟什么是无限?认识的边界到底在哪儿?我们目之所及的就是世界的本相吗?

暮色降临,当我站在五楼家中的阳台直视前方,越过街道两旁的路灯杆,打量远处某户人家的灯光时,总有一种虚幻之感盘结心底。恍惚间,天空与大地离我远去,消失在无边无际的洞穴中,关于它们的诸多细节自然跟随光阴流转而一去不复返了。天幕上的繁星和溪流河水中的鱼虾曾经是我认识世界的开端,但随着年龄的增长,它们不知不觉被充满喧哗与躁动的思维屏蔽。我跟在一部分人身后,急吼吼地追求根本不存在的标准答案。

狡黠的博尔赫斯在一篇小说中写道:"如果空间是无限的,我们就处在空间的任何一点。如果时间是无限的,我们就处在时间的任何一点。"看上去像是绕口令,仔细琢磨,却不无道理。处在时空的某个微点上,我常常思索的一个问题是何谓"现实"?或许有人会嘲笑我的智商,但我要反问一句:你以为你见到的就是现实吗?俗语说"耳听为虚眼见为实",这儿的"实"恐怕更多指代事物的表象,而表象的最大特征恰恰是迷惑人。它的伪装或变化极易使人在浑然不觉中形成思维定式。我始终认为,人们看到的不过是冰山上反射的一点点碎光。幽深的现实永远潜藏在冰山底下。

第一次工业革命后,数百年内人们思维的触角延伸至方方面面,世界在一轮一轮的飞速发展中拼命释放人类各种潜能。每一次重大发现都证明人类智慧所能到达的高度,琳琅满目的高科技产品更是使人陶醉其中。人们以为掌握了宇宙的诸多秘密,很少思考什么叫有限,岂料越往前走,未知的空间越大,甚至大到让人悲观。1980年4月,在麻省理工学院,次访谈中有人问博尔赫斯的世界观是什么。博尔赫斯答道:"如果有的话,我把世界看作一个谜。而这个谜之所以美丽就在于它的不可解。"这句话是一个文学家对世界的根本看法,我觉得也可它用来描述世界的本质。一千个观众之所以有一千个哈姆雷特,说的就是哈姆雷特之谜的无穷阐释性。

小说家米兰·昆德拉在一次演讲中引用一句犹太人格言"人类一思考,上帝就发笑",并说明上帝之所以发笑是因为"人在思考而真理却逃离他"。这句话道出人类思考时经常陷入的"悖论"——面对浩瀚的未知世界,人类所作的一切努力与尝试换来的不过是上帝的微微一笑。然而,在上帝笑声的回音里,人依然不屈不挠地思考着,尽管思考的结果是更多困惑和迷惘。

碎

四十岁于我来说是人生的一道分水岭。

一个明显的标志便是对"时间"的感受:此前,我似乎很少深究时间背面隐藏的东西,而且潜意识里总以为来日方长,时间就像随身携带的零钱,总有剩余;四十岁生日那天,静坐桌前回首往昔,恍然如梦,检点所获,寥寥无几!造物主赐给每个人一天的时长只有二十四小时,一分不多,一分不少。你用或不用,它们都在稳稳当当、周而复始地行走。不经意间,它们便扬长而去。

数十年来,我的生活状态可谓波澜不兴,典型的两点一线——在单位与家之间单调地往返。仅就上下班路上所花时间而言,与北上广那些大城市相比较,我偏居的江南小城无疑幸福指数很高——步行也只需二十多分钟,更别说开车了。2014年在鲁院学习,周末出去逛个街,公交加地铁,往返一趟至少需两个半小时,如果再在几个地点之间转转,不知不觉间一整天就没了。那段日子除了感觉北京的大以外,时间流逝之快常常令我猝不及防。眼下这座小城,一个上午便可以从城南逛到城北。难道是这儿的悠闲环境使我始终未能养成珍惜时间的好习惯?静坐反省,发觉这只是一种不负责任的托词。我以为此前对时间没有清晰概念的缘由只有一个——无所事事,定力不足。一个人倘若无法集中精力做某件事,他(她)的精神便是松懈的,自然不会关注时间,时间也就在各种无聊的消遣中无声消逝。换句话说,时间它并不会提醒你注意好好把握。你若不珍惜,它便与你擦肩而过。

白天和黑夜,二十四小时,是一个整体。可是人在使用它时,却是零散与分割的状态,一小块一小块,仿佛一尊高处跌落的瓷器,脆响之后,若干碎片浮散在无法觉察的场域。很多时候,我干坐在那儿,任那些碎片倏忽而过。待到猛然惊觉,便惴惴不安地发誓不能挥霍光阴。可是第二天又跌落循环往复的陷阱。上帝之手轻轻一挥,将那些碎片一一收回,空留一副消融在无尽悔意中的躯壳。

我曾暗自嘲笑朱自清《匆匆》中满溢的矫情,结果发现嘲笑的对象却是自己。

那天,妻子说要为我庆生。我说用不着费那个事,人到中年,没有必要注重一个形式。

回首以往对时间的处置,惊觉自己竟成了一位挥霍无度的君王——人家拼命干活的时候,我不知道自己究竟在做些什么。是啊,年轻人唯一值得骄傲的资本便是时间。因为距终点尚远,未来、憧憬、理想、美好……这些让人血脉偾张、心潮澎湃的词语便属于他们。可是年逾四十的我呢?妻子经常批评我顽固、保守、暮气重重,没有创新思维,特别在教育子女方面,仍然像我们的父辈那样专横、粗暴和自以为是。我也因此时常怀疑自己已经步入老年。

我无奈地发觉,自己常常毫无理由地被一些东西牵着兜圈,诸如网上某条爆炸性新闻或者微信中某篇貌似深沉的文章,还有电话、短信、邮件、QQ留言等各种各样的信息。它们铺天盖地朝我涌过来,我深埋其中,乐滋滋地浏览、阅读、回复。我不知道为什么要阅读这些东西。不知不觉间,这些行为竟成了我日常生活的一部分,或者成为一种生活习惯。年深日久,我已被它们牢牢俘获。这是一张外表华美又异常坚韧的大网,我沉醉其中——分明躺在一堆无价值的碎片里,却浑然不觉。为什么会这样?那天晚上,我批评儿子每天中午刚进家门就打开电视。儿子理直气壮地反驳:你不是一有空就低头盯着手机吗?仔细回忆,换了一部手机后,很多空余时间真的消耗在微信里了。我在公众号里浏览大量文字、图片,遇见认同度高的信息赶紧推向朋友圈;我在同事群、同学群、朋友群、亲戚群中穿梭,点赞、评论、投票,不亦乐乎;偶有时间,也在朋友圈刷一下存在,看着朋友的点赞或评论,心底也能升起一缕虚荣。

这些所谓的信息其实是一圈圈的泡沫。长期浸淫在这些泡沫中,获得短暂快感的同时,却变得麻木而迟钝,失去了敏锐、想象、情怀与感动。换句话说,我们只注意若干碎片,却看不见深广的整体。

何以至此?

日新月异的科技将人们捆绑在高速前进的列车上,物质财富的迅速累积能够极大地刺激人们的感官,缺乏自省的人便很容易裹挟进欲望的洪流,并且在洪流中陶醉不已。享受所谓现代文明的同时,很多人的思维触角开始钝化、风化甚至石化。

这个世界最让人感到荒谬之处在于:人类创造了丰饶的世界,却不幸成为它们手中把玩的工具。追溯下去,这或许又是一个巨大而无解的悖论——宇宙原本混沌一团,我们偏要不懈地发掘、分解、求证、探索,以求真相;但在追逐真相的艰辛历程中,我们又常常一不小心被它绊倒。

是的,身陷芜杂的碎片中,我们根本无暇顾及全局与整体,也自然无法认知整体的神秘和混沌。不争的事实是:我们醉心于学科的细分,孜孜不倦地追逐细枝末节;我们像迷恋技术的工匠一样,沉溺在无穷尽的打磨、镌刻与雕琢中。这令我常常想起"盲人摸象"的故事。思维之花凋零的一刻,我们即便拥有多么敏锐而强壮的感官,仍然摆脱不了"人类一思考,上帝就发笑"的宿命。

是的,一切都是零散的、破碎的、游移的、悬浮的。线条频率密度色调透视颗粒速度节奏明暗强弱浓淡,冷热凉温冻,按压挤揉搓……我无法将其固定,也无法将其拼接。仿佛一个失忆的工人面对一堆黑乎乎的零件,机器图纸早已从脑海里消失,他只能捏着油腻的螺钉和工具,茫然四顾。

回到"时间"一词。"时"即指长度,"间"显示其常态,意为若干断续的、不连贯的单元。刘震云有一篇小说《一地鸡毛》,开头是这样写的:小林家的一斤豆腐馊了。从来没有见识过小说可以这样开始,多么有意思的开始,它散发着毛茸茸的日常气息。这个开头让我听见小公务员小林疲惫而凌乱的脚步声,在散发油烟味的黑洞洞的楼道里响起。这也是一个关于日常生活的奇妙隐喻。想想吧,我们的生活有时真像一斤馊豆腐——起初鲜嫩白皙,最终却莫名其妙地变质,本想弃之不顾,却只有硬着头皮咽下。

时间作为一个整体,看上去仿佛漫长。一旦一个人沉浸于某件事,时间的脚步却快得让人错愕。譬如你提前一小时进入车站候车室,那么这一小时对你来说不啻是一种煎熬。等待总是让人觉得时间过于缓慢,墙上的 LED 显示屏和嘈杂的人群使人产生时间凝固的错觉。置身此境,我常常无法打发凭空多出来的时间。我坐在冰凉的不锈钢椅子上左顾右盼:涂脂抹粉的少妇低头把玩手机,西装革履的中年男人正襟危坐,鬓发如雪的老者喃喃自语,活泼好动的小孩尖叫嬉闹……然而漫无目的的观察并未消耗多少时间,我又掏出一份旧报纸,搜寻过时的奇闻逸事。报纸看完了,广播里却传出列车晚点约半小时的通知。背着行李,排着长队准备检票的旅客们顿时松弛,伴随着此起彼伏的抱怨与含混不清的咒骂,方便面、香烟和汗味、香水、脚臭混杂的气味重新充溢整个候车大厅。我数次掏出车票,仔细核对列车到站时刻。我不明白这个单调动作的含义,是对时间的不信任还是怀疑自己的判断力?抽象的时间与小小纸片上的铅字未能获得重合,让我顷刻间领会时间的重要。没能按时上车,意味着延迟到达,原本精密计算的一件事,因为"晚点"二字的干扰让人陷入无穷烦恼,对目的地的美好期待将插入某些不愉快的情绪。另一个场景:登上列车后,很多人喜欢玩牌。尽管火车高速行进,但时间对于他们而言,仍然显得漫长,目的地无疑变得遥远,于是用打牌冲淡无聊的等待。但是没人愿意等待,除了热恋中的情人。牌局的变化吸引着人的注意力,时间自然变短了。

裂为碎片的时间很多时候会把人带入某种虚度光阴的庸常境地。

十年间,我们单位的办公地点换了三处。最初寄居在某局的五楼,隔着后窗正好可以瞧见政府大院门前嘈杂的上访人群。没过多久,某局以办公楼重新装修为名,把我们"请"了出去。无奈之下,我们雇了几辆板车,将一大堆灰尘扑扑的办公用品、书籍杂志运送到附近一所学校,在学校行政楼的一楼弄了几间房子临时办公。两三个低年级学生以为我们是新来的老师,好几次跑到办公室门前打小报告,让人啼笑皆非。半年后,我们搬入市区东北角一栋小别墅内办公。这栋上下两层、独门独院的小别墅地处偏僻、环境优雅。伏案间隙,我常常在小院里漫步。清风徐来,鸟鸣啁啾,再看看墙外忙碌的菜农,顿觉神清气爽。我们都以为这是一块福地,就连来访的客人都羡慕不已,送上"世外桃源"的雅号。可惜好景不长,仅仅过了七年,院子就被夷为平地,取而代之的是千篇一律的打着唬人广告的商业楼盘。我们被迫再次迁徙，四处寻找落脚的地方。左右为难之际，又搬进一所学校，在一栋学生宿舍楼内借用一层作办公用房。几番折腾下来，我的心几乎陷入某种怪圈——永远无法预见下一个办公地点。或者说，获得一处稳定的居所竟然成了一个虚无缥缈的梦。这十年间，听到最多的话是：你们原来不是在×××处办公吗？你们这儿还真难找！

地点的频繁更换，容易使人产生浮游之感。像混浊河水里随波逐流的枯叶或草梗，那十年光阴也随之碾碎为粉末。风起之时，它们飘扬在半空中。一个人静坐，搜寻那些模糊的细节时，纷纷扬扬的碎片洒落一地，只能听见时间仓皇的脚步声。

往事通常不堪回首。无法解释的是，我们仍然会不由自主地滑入回忆的深渊。某个画面、某处场景、某句话，甚至一个不易觉察的动作，一张隐约的笑脸，不经意间闪现在你的脑海。你曾试图极力廓清，它们却搅成一团，最后你只能叹息着遥望远处低矮的铁灰色天空。

我曾经雄心勃勃地计划写一部留守儿童题材的长篇小说，大纲写好了，最终却不了了之。我也曾买好宣纸、墨汁与毛笔，试图用临帖来磨炼定力，但临了几回钟繇的小楷后，毛笔倒插在笔筒里落满灰尘。我计划用一个月的时间通读文言版《史记》，可断断续续、临临卡卡读了一些篇章后，不得不搁浅。直到现在我仍无法计算，有多少事情只开了一个头，再没了下文。豪情万丈转化为偃旗息鼓,一纸计划沦陷在琐碎的事务中。

为什么会这样?

众多头绪成了细碎的瓷片,不经意间把我刺痛;我却佯装无事,踩着这些晃眼的尸首走向彼岸。

"理想"一词曾经牢牢占据我们的精神生活。小时候,"长大了要做×××"是我们的口头禅,教师、医生、学者、军人……未来在我们心中填满N种可能。那时候方向与目标实在太多,我们的激情融化在浓稠的荷尔蒙里,四处寻找发泄的通道。我们拥有骄傲的资本:年轻。年轻喻示开始,象征前途无限。记得师范一年级时,我加入了学校文学社。一直到毕业,除了应付功课,我的时间几乎都用在组稿、编稿、写稿上。一期刊物出来,我们给每个班级送去,墨香盈怀,收获大片羡慕的目光,少年的心在狂跳,外表却假装镇定。现在想来,那时之所以能专心做事,全是因为单纯。我们怀着一个纯洁的动机干活,从未想过利用它来谋取什么利益;同学间的交往自然也没有半点功利,喜欢和讨厌,泾渭分明。任何复杂的人与事在我们眼里都不值一提,我们拥有一个共同的信念——只要肯努力,我们将无往而不胜。我们不会考虑过程中将会遇到什么困难,因为自信足以稀释与溶解行进途中的所有障碍。我想,至少在那时,世界在我心中是一个整体,一团熊熊燃烧的烈火。我们在一个相对封闭的空间里生活,在一条稳固的轨道上行驶,分裂破碎零散杂乱的事务与我们还隔着一段距离。

由于社刊上隔三岔五登载我的文字,我便悄悄做起作家梦。毕业时流行写留言,我在纪念册首页理想一栏里郑重其事地写上"作家或教师"。我清楚学生时代最后一个暑假过后必须面对的事实,但内心深处尚存一丝不甘——我是多么想成为一个作家啊。1993年,去一所偏僻小学报到的那天,我的自行车后座上捆绑着铺盖,里面夹了一沓厚厚的绿格子稿纸。我决心一手执教鞭,一手写文章。

现实并非想象中那么简单。那几年,除了备课、上课,我不分昼夜地趴在桌边涂涂写写,将一份浓烈的渴望化成一行行方块字,投入墨绿色邮筒。接下来的日子,我在等待中备受煎熬。每当邮递员出现在学校大门口,我面红耳热,内心狂跳——那一叠报纸中间有没有夹着某某杂志社或报社给我的信件呢?我期待邮递员喊出我的名字。可是,那个脸上长满疖子的邮递员扔下报纸,一骗腿,骑上那辆墨绿色的自行车走了。清脆的车铃声消融在村道拐角。我只有把自己关在房间里,对着一沓稿纸发呆。

失败就像头顶盘旋的绿头苍蝇,挥之不去。

一段时日,我在长满荒草的校园里徘徊,像一个输红了眼的赌徒,渴望翻身的一刻早点到来。暮色四合,蛙鸣起伏,我抓着一瓶啤酒猛灌。

我从铁笼子里躁动不已的动物身上瞧见自己落寞的影子。

如今,我虽然在旁人眼中俨然成了一名所谓专业写作者,但是没人知道其间遭受的困顿与失败到底有多少。夜深人静时,我时常嘲笑自己只是一尾死在沙滩上的小鱼。

若干年前,我们满怀憧憬时,并不知晓"为了理想而奋斗"的艰辛;若干年后,我们被坚硬的现实击打得遍体鳞伤时,理想悄悄成为自嘲的对象。

人到中年,上有老下有小,忙事业的同时还得挂念父母、关心儿女,正处于一生中负重爬坡的艰难阶段。奇怪的是,我好像没有这个感觉。思来想去,关键因素是父母健在,而且身体尚好。原本希望父母告别田地,跟随我进城安享晚年,岂料二老去了离家几十公里的山沟里替人看守农场。七十高龄的父亲给人打工,让我脸上很有些挂不住。我再三劝说父亲,他却笑笑说,已经和对方签了协议。他掏出两张叠得整整齐齐的材料纸,上面一二三四几条写得整整齐齐,底下签了老板和他的大名。那地方离最近的村庄也有两公里,需翻过几个小山包,而且山路崎岖不平,稍不留神便磕到汽车底板。送父亲母亲去上班的路上,我小心翼翼地把着方向盘,忍不住埋怨他们的选择失误。

你看,路这么难走,离家又远,以后我们想来一趟也不容易,而且这地方偏僻,万一你俩有个头痛脑热的,如何是好?我说。

父亲并不答话,只是笑笑,瞧着车窗外惊飞的鸟儿。

一晃半年过去,期间驱车看望二老两三次,感觉他们精神气色都还好,才渐渐安下心了。

按理说,我目前的生活应该算是安稳无忧,却总有某些说不清楚的烦闷压在心头。儿子中不溜秋的成绩,自己写作上遇到的瓶颈,家庭琐事的纠缠……将我的心绪撕扯成无数飘浮的絮状物。我在其间旋转,仿佛一个陀螺。一个同事谈到婚姻与家庭时曾感慨道:真不明白当初为什么要结婚,要生小孩!那段时间,他正忙于写电视剧本,制片方催得急,儿子一岁多,一天到晚缠着他,弄得他焦头烂额。他的时间被无情地切割,写作自然无法正常进行。

两个世界——物质与精神的世界对我展开拉锯战:一个在低处拼命地扯住我的脚,想把我拽下去;另一个却揪住我的灵魂,想让我离地飞翔。

我想飞,却张不开翅膀。

其实算起来,一天二十四小时中真正属于自己的时间不少。我可以读书写字,也可以沉思冥想,在自由的国度纵横驰骋。可为什么陆陆续续写了十几年,蓦然回首,果实依然寥寥?这感觉很像农民种地——人家地里庄稼长势良好,绿油油一片,自己的责任田里却稀稀拉拉,蔫头蔫脑。勤奋固然是一大因素,但除了勤奋就没别的原因了?譬如底肥的厚薄,耕种方式及理念的新旧?以文字安身立命的人常常说,一天必须写多少多少字,我对此说多少存有疑惑。一天写三五千甚至上万字的人不少,问题是这些文字究竟属于思考的沉淀,还是纯粹凑数、低水平复制?哲学常识告诉我们,量变必然引起质变。这条定理对每一个写作者都灵验吗?

埋头于书籍与文稿之间,固然可以享受缕缕清欢,却也因此忽视了现实世界里的种种趣味。这些年来,我把自己禁锢在纸上世界,成为文字丛林里踽踽独行的一匹小兽。我不知道丛林的边界在哪儿,却经常在野花、灌木和枯枝黄叶间流连忘返。天地间,每个个体都有选择的自由,我从未追问过自己的选择是否正确。我仿佛回到学生时代,从欢喜出发,照见内心的透明。我的生活半径很小,单位——菜市场——家,方圆不超过五公里。我在三个地点之间循环往返。频频发生的新闻、故事在另一个场域上演。我知道每时每刻都有精彩绽放,但人不能同时踏进两条河流。选择即意味放弃。你无法占有和支配全部,事实上野心也极其有限,你所拥有的只能是一小块。对,一小块。

不容回避的问题是,你毕竟生活在一个切实可感的空间里。虚伪、丑恶、荒谬、暴力……从来就没有消失,也永远不会消失,它们可以使你陷入虚无的深渊,也可能埋葬你想要自由呼吸的灵魂。能否把自己牢牢钉在某块地上,狂风暴雨甚至冰雹都不能动摇呢?很多时候,摇晃是从内部开始的,灵魂的外壁上出现裂纹,就成了委顿和坍塌的前奏。

聚沙成塔有无实现的可能?答案一直悬置。

我选择攒足力气做一个搬运沙子的"西西弗斯"。

老

一

一个"老"字,下面藏着一把匕首,闪烁着岁月流逝的光芒,把人的生命力砍削得所剩无几。对此我是深有体会的。

它把我的头发几乎削光。

对我而言,头发浓密的形象只属于三十五岁以前。前段时间搬家,我从相册里翻检出一张刚刚参加工作时的照片。那一年的我十八岁,穿人字拖,着蓝色上衣,黑亮的头发如长势凶猛的野草。照片中的我站在学校后面的土坡上,桀骜不驯地盯着前方。如今对镜独照,亮晃晃的头顶让我如坠梦里——不知从何时起,我的头顶竟然成了一块无比坚实的沙地。这些年,亲朋故交见面的第一句话就是:你的头发呢?是啊,我的头发去哪儿了?我摸摸空空如也的头顶,发觉它们被无数个加班日夺走了,被若干页令人讨厌的公文挖走了,被那些苦熬着又毫无意义的东西连根拔除了。我顶着一块尴尬的沙地在人群中走来走去，经常怀疑自己的真实年龄。各种社交场合，人家打听我的年龄时，我常常故意加上十岁，希望麻醉那份自卑并以此减轻岁月呼啸带来的恐慌。

在人的直觉里，头发的密疏、亮度和生命力强弱是成正比的。气血足则头发浓密而黑亮，反之，则稀疏枯涩，如同荒漠。有一次看演出，散场时，旁边一少妇吩咐小孩："宝宝乖，让一下这位爷爷。"我沉默了几秒钟，按捺住悲愤说："谢谢你，小朋友。"回到家里，我摸了摸头顶，想骂两句娘，又骂不出口。最后，我宽恕了那个视力不佳的少妇，毕竟，暗淡的灯光下，再好的眼神也看不清我头顶上稀稀拉拉的短发。还有一次，一位五十多岁的阿姨向我问路，叫我大哥。我当时愣在那儿，随后无奈地笑笑，为她指路。

那些曾经嘲笑我头顶的朋友，近年来他们的头发也渐渐稀疏，让我心生几分慰藉。看来，掉头发是势不可当的，是不以人的意志为转移的，是无可奈何"发"落去！是啊，你能嘲笑一个人的生理缺陷，但不能阻挡生长的规律。老了，就要掉了。瓜熟也将蒂落呢。

它也大肆削减了我的记忆力。

想当年，我复习功课参加成人高考和本科自学考试，几乎达到过目不忘。可如今，每次锁好车走出几步，又掏出钥匙按一下锁车键。儿子经常埋怨我说话重复啰唆，一句话至少说三遍。我问他，真的说了三遍？我的记忆力有那么差？可是为什么二十多年前收藏的一本连环画，名字我还记得？为什么读初中时，在学校后面山坡上背诵政治习题时的情景至今历历在目？"你真傻啊，这正是步入老年的标志——越远的事越清晰,越近的事越容易忘记。"妻子说。

我琢磨着妻子的话,还真成了事实。若干次回家时钥匙插在门上忘记取下,若干次预约煮饭忘了按开始键,若干次外出办事雨伞丢在路上……儿子曾经半开玩笑半认真地说:"老爸,要不要写张卡片挂在你胸前啊,要不然哪天不记得回家的路就麻烦了。"我低头默念了一遍妻子的手机号码,然后很坚定地摇头说:"不需要。"

它还夺走了我的脚力。

以前,我跑三千米轻轻松松;现在才跑一千米腿就发软。四五年前,我可以在三十度的斜坡上跑步;现在,平地上跑步也坚持不了几圈。晚上去公园散步,第一圈还能跟上妻子的步伐,第二圈就落后十几米了,只好请她停下来等我。特别是陪妻子逛街,走了几家店,第一件事就是找沙发。我的脚力呢?

有一句俗语形容年轻人——脚轻手快。年轻人腿部力量强,蹦蹦跳跳不知疲倦。而我刚刚步入中年,颈椎、腰椎、坐骨神经等一大堆问题就找上门来。几个月前,七十多岁的老母亲颈椎病发作,我把她带到骨伤科罗医师那里治疗——因为我是他的老顾客。说起来万分羞愧,四十多岁的儿子给七十多岁的母亲介绍医生。

还有一件事我记忆犹新:某天上公厕,见两位仁兄站在那儿小便。年纪轻的那位叫年长的往前走一步,年长的说:"没事,我居高临下,百分百命中目标。"年轻的嘎嘎大笑说:"别逞能了老兄,你还是乖乖往前走一步吧,不然子弹尘脱靶了。"

你服与不服,年龄咄咄逼人地摆在那儿。

二

很奇怪，发现母亲的头发变白就是一瞬间的事。

那天，我拎着一袋水果去弟弟家看望母亲。调皮的侄子一见到我就蹦蹦跳跳地跑过来，抓住一个苹果就咬。母亲急了，将苹果夺过去说："还没洗呢。"我扭头，发现母亲两鬓已然斑白，脸上沟壑纵横，酷似核桃。我怔在那儿，半天没回过神来。

我低声说："妈，你头发白了。"

"早就白了。人老了哪有不白头的？"母亲洗好苹果，递给调皮鬼。

弟弟在这儿已经租住了两三年，因为孩子还小，母亲便帮忙照看。阳光从破旧的窗户里投射进来，洒在粗糙的水泥地上。侄子偎依在母亲怀里，一边啃着苹果，一边打量着我。

"可是你今年才七十啊。"我说。

"是啊，我显老。村里有比我年纪大的头发也没白。"母亲说。

"你呀，五月初七日正好四十二岁，我还不七十了？"母亲又说。

想想也对。母亲一天天老去，是因为儿女一天天长大啊。儿女大了，母亲哪有不老的？这是很简单的自然规律，为什么我的思维还停留在过去呢？可见每个人潜意识里都在回避它。

村里人说起母亲，都夸赞她年轻时很漂亮。的确，从母亲现在的身高和五官可以推断，她曾经是一个美女。我们跟她讲起这些，她总是羞涩地摆摆手说:"哪有,老得不成样了。就像树上的果子,开裂了。"所谓岁月不饶人,不但不饶人,任何有生命的东西它都不会放过的。"老"是必须直面的结果。

叔叔、婶婶在义乌帮堂弟照看小孩。每次回乡,谈起叔叔,婶婶必数落他的不是:"一天到晚嘴巴不停,连大孙子都嫌弃。"

其实,年纪大了,百分之九十九的人都会唠叨。

成年人已经形成一整套观察和认识世界的方式方法,任何不符合他(她)的标准的意见或看法,都是不对或者不妥的。不然,代沟如何产生?科技迅猛发展的今天,不要说上下辈,就是相差十岁的人之间都会产生代沟。

几个月前,母亲头痛发作。我带她去医院做了一个核磁共振检查,结果显示颈椎压迫神经。在一家诊所做了几天理疗(按摩、针灸),症状还是未见减轻。母亲坐在沙发里揉着头皮,呻吟着说:"是不是脑袋里面有问题,怎么还很痛呢?"我安慰她,告诉她医院检查的结论就是颈椎问题,没有其他。"再说,治疗总有一个过程。医生不是说了,要两个疗程一共二十天才能治好么?"第二天,母亲重复前一天说过的话,我没辙,也重复一遍前一天说过的。第三天,母亲又念念叨叨,担心脑袋里面有问题,我只有再次耐心地安慰她。二十天后,母亲痊愈了。我说:"回去后要注意保养,第一不要让颈椎着凉,第二不能长时间低头干活。要不然,会复发的。"母亲一个劲地点头。

我性子直,不擅长拐弯抹角,人际交往方面常常吃亏。母亲经常教导我:"对人要笑脸相迎,说话不能太冲,注意场合……"同样的话听多了就有点烦,心想我都做父亲的人了,这些东西还用你教?如今回头琢磨,母亲时时刻刻都在传授她积累了一辈子的人生经验啊。她在村里人缘极好,从没和谁红过脸吵过架,有人偷了地里的菜或摘了树上的桃子,她只是摇头叹息而已。

现在轮到我教育儿子了。高考结束,儿子几乎天天卧在沙发里玩手机游戏。瞧他那股专心劲,我心里就不是滋味,劝他:"少玩点,对眼睛和颈椎都不好。"网上看见一则消息,说一个少年沉迷手机游戏,最后颈椎不行了,要动手术。我把消息转发给儿子,问他看了没有。儿子说:"看了。我才不会那样。"第二天我又劝他别玩了。儿子两眼一瞪,说:"又是那句话,不会说点别的?"我哑口无言。

我年轻时乃至现在,经常埋怨母亲啰唆。母亲说:"树老根多,人老话多。"我一直不以为然。现在总算明白,这句话的真实性。就像妻子常说的,我们正在实践父母当年那一套。我们活得越来越像自己的父母,不是吗?

母亲的腿也不好,两个膝关节都有毛病。住在城里时,上下楼梯都要抓着栏杆,一步一步挨。平地上行走,由于两条腿长短不一,一摇一摆,很慢。每次见她这样,我心里都挺难受。衰老咋这么快找上母亲呢?挑着一担水稳健地走在村头的母亲不见了,戴着草帽打农药的母亲不见了,背着一麻袋棉花的母亲不见了……时间像一个残忍的魔法师,一下子把年轻力壮的母亲变没了!

母亲挂在嘴边的话是:老了,不中用了,整天只能坐在家里。

我明白,她是不甘心。可是,人一天天老去是不争的事实。在这个残酷的人生真相面前,所有的不甘与不愿都成了时间之河卷走的泥沙。

三

在乡下待了两个月,岳母的病情未见好转,一直照顾着她的岳父终于熬不住了。妻子和她弟弟商量,只有一条路——送颐养院。这是无奈之举。岳父年迈,六个儿女背后有六个家庭,况且照顾半身瘫痪、时而清醒时而糊涂的病人,没有专业的护理技能显然不行。

颐养院在城郊,挺大的一个院子,绿意盎然。下了车,在回廊里碰见几位坐在轮椅上的老人,白发,缓慢,沉默。

推开房门,躺在床上的岳母发如白雪,两眼呆滞。妻子指着我,再俯身问她我是谁。

岳母的嘴唇动了动,从口型推断,她准确地叫出了我的名字。病魔已经剥夺了她的声音,并且正在一步步侵袭其他器官。邻床的一位大爷,穿着纸尿裤,鼻孔里插着一根塑料导管,木偶一般。回首可见窗外枝繁叶茂的植物,但病重和衰老的气息填满了整间屋子。

一年前,岳母突患脑溢血,半边身子成了摆设。患病初期,岳母除了不能行走,身体其他机能正常。每次去看她,她能坐在小桌子边吃完一小碗米饭,还能吃切成片的水果。天气好时,妻子推着她去外面散步。母女俩讲一些陈年往事,夕阳铺在缓慢起伏的山坡上,湖水散发一缕缕腥味,俱已成为回忆中的温馨时光。

进城安居的头一年,岳母的身体还好,只是背有点驼。老两口住在城区西郊名为"迎嘉新村"的小区,闲不住的岳母在房前空地上种了几样蔬菜,后来又问人要了一块地种胡萝卜、大蒜和卷心菜。岳父是一个懂得享受的人,最大的爱好是看电视,每天的央视新闻几乎能背诵。每次过去,一见面,他就和我们讲蔡英文,讲台海局势,或者嘲笑特朗普甚至咒骂这个头发乱蓬蓬的美国领导人。所以,浇水、施肥、除草之类的活儿,多半落在岳母身上了。吃饭时,见岳父还在大谈时事政治,岳母便数落他:"一天到晚就晓得看电视,看新闻,我想看戏曲频道都不让。"岳父没理她,喝了一口酒,继续评论李登辉。二位老人各说各的,让我恍惚之间产生疑问:多年后的我们,是否会活成他们现在的模样呢?回去时,岳母将早已准备好的几袋子蔬菜递给我们,又到楼下割了几把韭菜塞进袋子里。

除了看看老年机里的戏曲,岳母的爱好是跳广场舞。跳得怎么样,不得而知,只知道她风雨无阻。

一场大病让岳母迅速变老。妻子给她洗头、剪指甲、喂饭、换纸尿裤,像照顾一个幼儿。有时候,刚换的纸尿裤又湿了,妻子会呵斥她。她盯着发怒的女儿,不说话。由于长期坐卧,她的左手与左腿肌肉已经萎缩,手指蜷曲无法伸直;吞咽功能日渐退化,很多时候喝水都会打湿前襟。我叫她,她像一个智障小孩般盯着我。透过她呆滞的表情、枯瘦的手掌,我仿佛看见一截正在融化的蜡烛。

妻子家里娘家两头跑,家里的事情自然无法顾及。为此,她有些不安,怕我有意见。我说:"人人都有父母,女儿尽孝天经地义。我怎么会有意见呢?"

衰老来得如此突然,如此决绝,它让"颐养院"这个本来相距遥远的名词尖锐地插入我的日常,并且将持续一年、两年,甚至更长时间。未来的日子会给我们带来什么,我不敢想也不愿想。我只记得颐养院过道里白发如雪的身影,以及轮椅里空洞的表情。

在那个让人脚步迟缓而沉重的空间里,时间的速度却如飞矢。

四

生命无论长短,最终都会走向衰老和死亡,这是一道无法绕过、必须直面的终极命题。

为了破解这道命题,从古至今,很多人做出各种努力:帝王遍求长生之药,期待永远不死;现代人研究人体冷冻技术,渴望未来复活。寻访长生药的帝王都已腐朽,接受尸体冷冻的人能否复活只能等待。这些努力或徒劳都是人类从生理学角度对死亡做出的回应,动机无非是借助生命的延长,无限期地享受触手可及的现实。我觉得这些举动愚蠢而可笑,没有衰老与死亡就没有成长与新生,科学技术再发达,也无法颠覆这个自然规律。长生不老或者择期复活有何意义?如果长期占用地球资源,那么繁衍后代的价值是什么?生命的真正意义恰恰在于新陈代谢啊。从另一个角度看,正是因为生命长度的可量化,才促使人不断发掘自己的潜能,推动社会向前发展。

是动用各种技术维持一具不会说话不会倾听也不会思考的躯体存活,还是顺其自然,让他(她)安静地走向终点？从亲情角度考虑,晚辈总想尽力延长长辈的寿命,这一方面出于情浓于血的依恋,一方面尽孝是最根本的伦理。一个生命,只要还有呼吸与心跳,总是不忍让他(她)离去。奄奄一息的病人躺在床上,身上插满各种管子的他(她)也许还想活下去,也许希望早点升入天堂。这样的生存意义何在,却是床前晚辈们无法回避的问题。技术与伦理学的矛盾在濒临死亡的病人身上汇集、缠绕,成为病人家属心头无法驱散的乌云。

前两天,妻子看望岳母时,给她喂银耳汤。妻子不停地喊妈妈,银耳汤却从岳母的嘴角流出。"姆妈,这个是谁？"妻子指着我。岳母一直低着头,也许在看地面,也许什么也没看。陷在轮椅中的岳母,越来越瘦,越来越小,小到只剩两个黑眼珠,旁观世界。

死不容易,生也艰难,每个生命降临世间都是奇迹。面对衰老,女人想用美容把青春尽量留住,但时间不会为她的容颜保鲜;男人想用思想显示智慧之美,成熟的去向往往是保守与昏庸。生命由盛而衰,思想会进入狭长而幽深的沟壑里。新陈代谢是一个循环运转的过程,在那黑暗的沟壑里,一批批尸骨的磷火正在为新的生命照亮前行之路。

痛

四十岁以后,身体屡屡出问题,具体表现就是始终绕不开一个"痛"字。

以前患感冒,熬两天,出一身汗就过挺去了。如今一旦感冒,简直可以用"地动山摇"一词来形容。咳嗽、流涕、全身乏力不说,最难受的是头痛。发作初期,脑子里像是塞满了棉絮,又像跌入一团厚厚的云雾,空虚绵软,莫辨东南西北。中期,忽而似有一枚巨大的锈迹斑斑的秤砣压住大脑,所有神经几乎窒息;忽而似有一柄锃亮的铁锤,高高举起,随即狠狠砸下,太阳穴不断鼓胀,而后几乎被铁锤击穿。后期,脑中一片空茫,被病毒洗劫后的悸动与疼痛的余波交错在一起,把身上最后一点力气席卷得一干二净。

2019年某天,早上起来,后脑勺一阵剧痛,抬手穿衣时肩膀又是一阵剧痛,脖子僵直,像是被硬物卡住了。这个部位疼痛还是头次。我不敢大意,立即找专治颈椎病的罗医生求诊。我歪着头坐在诊所的皮椅子里,罗医生在我的后颈部按了按,说:"颈椎压迫神经引起的疼痛。"我听了挺纳闷——自己一向注意颈椎保暖,晚上睡觉都用围巾包住脖子的,我的颈椎就这么脆弱?罗医生好像明白我的心思,说:"颈椎病的病因很复杂,长期坐在电脑前工作啊,风寒侵袭啊,等等。"对话间隙,疼痛在头皮底下一波接一波地向四周扩张。诊所墙上的人体经络图提示我,局部出现问题必然殃及整体。颈椎出了故障,离它最近的头部焉能躲过?没办法,只有按照罗医生的方案治疗。

接下来的半个月中,隔天一次按摩加针灸。病房里躺满了各色患者,侧卧的、仰躺的、趴着的,头皮上、后颈部、腰部、大腿上都扎着细细的针,沉默不语的、咬牙嘶嘶的、呻吟叫唤的……空气里充塞着疼痛引起的愁苦与郁闷。穴位扎小针尚能接受,大不了相当于被蚊子咬了一口,接通电疗仪后,也只是皮肤一阵阵跳动。扎大针就很恐怖——医生说,"放松放松",突然,"噗"的一声,钻心的疼痛几乎让人晕过去。据说扎大针疗效更好,可以大大缩短治疗时间。但看见那么粗的一根针深深地扎入身体,我不敢尝试。有一次,罗医生准备给一位五十多岁的妇女扎大针,那女人连连后退,哇哇大叫:"我怕痛,我不扎,会死人的。"罗医生笑笑说:"怕痛?你生孩子时不痛吗?""就是怕痛我才只生了一个啊,不信你问他。"妇女指了指身边的丈夫。胡子拉碴、满脸愁容的丈夫点点头,长叹一声。我想告诉她,什么叫以痛治痛,只有痛才能让人追问痛的原因,记住如何防范疼痛的袭击。但我觉得自己也是一名病人,好像没资格讲这些,就把话咽下去了。最后,妇女含着泪急匆匆地告辞,扔下捏着大针的尴尬的罗医生。

腰痛是老毛病,追溯起来应该始于二十年前的一次腰肌拉伤。那年我在一所乡村小学教书。一次弯腰洗衣服时,直起身子过快,瞬间感觉腰部好像脱了节。当时仗着年轻,并没在意,只是涂了一点红花油,心想过两天就好了。几天后,果然恢复了。未曾料到,正是那一刻,疼痛的种子悄悄播撒在我的身体里。准确地形容,那是一种酸痛,隐隐约约却如影随形,腰椎两侧的肌肉仿佛一个极度疲惫、快要倒下的人,此症医学上称为"腰肌劳损"。从此以后,几乎每年腰痛都会发作一次。

2005年某天,我在单位整理档案,搬动几个沉重的铁皮柜时,腰痛找上门了。那会儿,腰部像植入了一块钢板,每走一步必有一阵刺痛向四周扩散。到附近的人民医院第二门诊部就诊、拍片,结果显示腰椎间盘突出,压迫神经。医生给我开了一瓶甘露醇,静脉滴注。医生说,要加快滴注速度才能最大发挥药效。那个下午,药水一滴接一滴地输入血管内,我整条右臂涨得几乎要炸开。

最严重的一次是,晚上躺在床上,整个下半身几乎瘫痪,侧一下身子都十分困难。第二天早晨起床,穿袜子都花了几分钟。好像这个腰已经不属于自己。医院CT检查结果,腰椎两处突出。朋友知道后戏称我"双突出",我只有报之龇牙咧嘴。

为了治腰痛,二十年间能想到的办法都试过。中药、西药、理疗、锻炼,网购了腰椎治疗仪、可以充电加热的腰带、内装海盐的热敷袋……堪称五花八门。效果是:有所缓解,从未根治。给我看过病的医生一致认为,腰椎间盘突出无法根治,手术治疗有风险,唯一的办法就是保持正确坐姿且不能久坐,平时加强锻炼和保养。每天晚上仰躺在床上,腰下面必须垫上一个东西才能入睡。开车,特意网购了一个可以调节厚度的靠垫。上班,椅子上捆绑了一个海绵靠垫。行走,两手握拳反复锤击腰肌。室外,尽量坚持吊单杠,哪怕手掌磨出老茧。

反复折腾多年,我终于明白,这个病已经和我融为一体,它变成了对我的忍耐能力的一种考验,注定要与我相伴一生。我与它的关系不是激烈的对抗,而是若即若离的依存。它用它的顽强,时时刻刻提醒我调整坐姿,坚持锻炼。

腰椎间盘突出压迫神经的一个后果是坐骨神经痛。

一次腰痛发作几天后,开车时感觉右边屁股好像坐在一块坚硬的石子上,刺痛沿着大腿往下蔓延。网上一查,典型的坐骨神经痛症状。再过两天,脚踝也痛,脚跟发麻。行走时,重心尽量往左腿偏移,才能保持身体平衡。那段时间,我甚至怀疑自己会不会沦落为一个瘸子。最后,我不得不再一次走进罗医生的诊所。

所有这些疼痛中,最难熬的自然是腰痛。无论坐、卧、蹲、走、跑,它都躲在腰椎两侧的肌肉里面,像一个阴险的小人,不依不饶地与我的意志周旋。我想尽办法对付它,也未能逃脱低头认输的命运。

很多时候,我在想,当疼痛成为日常生活的一部分时,又该如何理解"健康"这个词语的真实含义?

从小学到高中,儿子的学习成绩一直都是中不溜秋,几乎从未进入班级前十名。

每次开家长会,我都是默默地坐在儿子的座位上,听班主任表扬成绩优异的学生,听家长分享教育经验。散会后,再默默地回家。

和朋友聊天,最怕人家打听儿子的学习情况。能不回答的尽量不回答,有时候实在躲不过就支支吾吾地糊弄过去。说句心里话,我觉得,脸上无光。久而久之,儿子的学习成绩便成为我心口上的一道伤疤,总想捂着,不让人家看见。

2015年,我们在儿子学校旁边买了一套房,指望中考时他能冲一冲,留在本校高中部,那样不但上学方便,更主要在于它是我们城市不多且教学质量高的重点高中之一。留在本校,意味着将来上本科的希望更大。没料到事情的结果是,儿子的中考分数离我们的心愿差了两分。2017年夏天,我们不得不跑到城南G中学(虽然也是重点高中,但师生质量差了一大截)旁边租房。经验告诉我,这样的学校如果没进重点班,上大学的概率几乎为零。怎么办?为了解决这个难题,我一连数个晚上都没睡着。我想,目前儿子的成绩不够理想,进入高中后兴许能有改变,总之不能"坐以待毙"。为人父母,课业上无法帮助他,学习条件一定要想方设法做到最优。

我费尽周折,开学前终于让儿子挤进G中学六个重点班中的一个。

高一上学期,儿子学习劲头很足,晚上十二点多了还在写作业。几次段考,他都咬牙勉强顶住了,毕竟还有七八个同学在他后面。那时候我想,只要不沦落至班级最末三名,他还能保持一份自信。平日和他谈话,也是鼓励居多。遗憾的是,期末考试,他终究没能摆脱被淘汰的命运——他被残酷地刷掉,回到原本属于他的普通班级。

那段时间,真不知道是怎么度过的。依稀记得有一种奇怪的感觉横亘在心间,仿佛眼睁睁看着一丝希望的微光渐渐熄灭,整个人陷入一片黑暗中。和其他家长一样,我们给儿子找了校外辅导班,假装没看见试卷上少得可怜的血红的分数。儿子一直很努力,但成绩在那个尴尬的区间摇摆,就是上不去。一向沉稳的我再也沉不住气了。我焦急,却像一只无头苍蝇。除了生闷气,就是无缘无故地对儿子咆哮。我成了一只无能为力的困兽。

和妻子在公园散步,只要说起儿子的学习,便是一路叹息。道路两旁的树木和路灯如果有记忆,肯定还记得,一对愁眉苦脸的中年夫妻如何长吁短叹。很多时候,我觉得我们已经站在深渊边上。谈到儿子的未来,妻子甚至主张放弃——世上道路千万条,未必一定要上本科才行,实在没辙上个专科,好好学一门技术,也能谋生吧。妻子这句话像一根钢针刺进我心里。我的回答是:我就不信,我的儿子这么差?再怎么不行,二本总能上一个。无论如何,他一定要上二本!

高考前几个月,我不停地给妻子打气,也为自己灌输日渐稀薄的自信。

结果,儿子没有让我失望——虽然考进了一所很普通的二本院校,但我为他自豪。暑期将要结束时,我为他举办了升学宴。人家打听录取于哪所学校,我毫不犹豫地说出学校的名称。该来的总会来,我想我要用力撕开那道伤疤,向众人展示。

岳母脑中风已经两年了,近来病情加重,身体越来越虚弱,一天中的大部分时间都在昏睡中度过。偶尔醒来,伏在她耳畔大声叫唤,她嘴唇翕动,无法出声。

今年国庆节前的一个晚上,妻子接到内弟电话,说岳母正在人民医院抢救。我们立刻驱车奔向医院。急诊科的医生说,老人肺部感染严重,体内各器官功能慢慢衰竭,抢救的意义不大,建议家属把她送回去,好好陪伴她走完最后一程。

面色凝重的内弟不甘心,把岳母送进重症监护室住了两天。后来一位相熟的专家告诉我们那样做真的没什么效果,才无奈地将她送回老家。

病情加重的后果是吞咽功能几乎丧失,岳母只能靠一根导管喂流质食物。她时而昏迷,时而清醒。偶尔,她哎哟哎哟地叫唤,不知道经历了怎样的痛苦。面如白纸、骨瘦如柴的她就像一台电力不足的马达,快要停止转动了。

听人说,以前乡下老人无法医治时,家属一般不再给吃的,有的甚至给他(她)喝一口酒,让他(她)摆脱病痛折磨,早点离开人世。现在医疗条件更好,做晚辈的哪狠心做这种事呢?一晃眼,内弟在老家服侍岳母已经一个多月了,自己家里的事几乎无法顾及。

前几日,听说岳母悄悄把导管拔了。她是忍受不了痛苦,想快点结束自己的生命,不再连累儿女吗?可是,每次回去,我们呼唤她,分明感受到了她对人世的留恋。一个徘徊在死亡边缘的老人,对生与死的态度也许是十分矛盾的。儿女环侍左右,她依依不舍;身体日益衰竭时,她又想早点解脱。我能想象,为人子的内弟心底的痛苦:结果已经摆在前面,母亲却不得不躺在床上一天一天地煎熬。

这是所有子女终将面对的残酷而绝望的现实。

禁不住高利息的诱惑,妻子借了十万元给一家生产休闲食品的私营企业。疫情防控期间,这家企业的货款无法及时回收,加上订单锐减,导致资金链断裂。即将到期的十万本金突然变得遥遥无期。后来发现,多位朋友与我们遭遇相似,有的放贷三五万元,有的甚至上百万元。

十万元,刷一下银行卡,看到的只是一串阿拉伯数字,于一个普通工薪家庭而言,那是白天黑夜干下来的收获,是吃喝拉撒,是教育、医疗,是孝敬父母、人情往来……

那段时间,我们在相互埋怨与指责中度日。我指责她的贪欲,她埋怨我的立场不坚定,说当初我要是坚决不同意放贷,不至于如此。冷静下来,我曾自问:难道本人就没有被那些按月支付的明显高出银行利率标准的利息诱惑吗?人生在世,终究躲不过一个

"贪"字。

企业主已经被逮捕,罪名是非法吸收公众存款。据说涉案金额上亿,意味着若干个家庭卷入其中,甚至面临分崩离析的危险;若干个放贷人已陷入揪心的等待和无边无际的悔恨、痛苦中。

更可怕的事实是,妻子又将十五万元积蓄放在一个原本颇有口碑的网上理财平台,但平台至今尚未如期偿还这些钱。服务热线已无法接通,论坛里逾期还款的帖子比比皆是。关于这个平台的消息真假难辨,甚至有该平台将要坍塌的言论。

我们要破产了。妻子靠在沙发上,闭上眼睛说。

二十多万元家产,捆绑在名为"金融理财"的列车上。眼下,这辆车正慢慢驶入一个神秘而巨大的黑洞。

很多时候,我在想,这二十多万元凝聚我们多少日日夜夜的付出?今后该如何理解消费和理财的关系?钱财的本义又是什么?为什么人的贪欲会膨胀到如此疯狂的地步?是人性使然还是大环境的熏染?

我问妻子,遭遇这么多,你没有惶恐和焦虑吗?

妻子回答:焦虑也没用。

是啊,没用。

真的没用。

疼痛让我们确认身体的存在。平时,我们随意驱使与纵情享用自己的身体,行走、跑步、登山、驾车、游泳、垂钓、做爱、睡觉……高兴时或呼朋唤友或推杯换盏,伤感时或灯下静坐或桥头看雪,无所顾忌,没有丝毫犹豫——因为身体已经与日常生活融为一体,仿佛一滴水汇入一条小溪。当某个部位的疼痛像呼啸的警笛与闪烁的红灯,使人意识到身体这台机器运转失灵时,人才开始向内观察。组织、器官、舌苔、脉象、穴位、经络,这些一度陌生的知识开始进入人的视野。伴随疼痛到来的是人的恐慌,是对往昔放纵身体的悔恨和反思,是对疾病的敬畏和对健康的全新认识。以前忽略的东西,现在才懂得珍惜;以前一晃而过的东西,现在才开始细细琢磨。

疼痛让那些挥霍时间的人明白,时间也是可以暂时留驻的物件,让只顾埋头往前走的人明白,适时歇一歇的重要。的确,时间可以是效率的帮手,也可能成为效率的绊脚石;一直往前走也许可以早日到达目的地,但也可能产生方向的偏离。五音五色可以滋养身体,没有反观与自省却可能剥夺继续享受五音五色的资格。

疼痛在一个人的生命历程中究竟饰演了什么角色?科技日新月异的今天,身体与灵魂的疼痛对医学和社会学的研究、发展提供了多少素材及动力?

一言以蔽之:只要生命还在延续,疼痛就不会消失。疼痛不消失,人就只能学会和它共处,在疼痛的消解与产生的无限循环中度过每一天。

囚

一

第一次感觉身体处于紧张状态,是念小学四年级那一年。

有一天课间,我与班上几个调皮鬼偷摘学校附近村庄一户人家的李子,结果被主人逮个正着,到老师面前告了一状。其实李子还未熟,又苦又涩,可我们却为此付出了"惨重"代价。主人的夸张诉说让老师又羞又气,中午放学后把我们关在办公室——那时候惩罚学生的通行做法就是不让吃饭。

下课铃响了,老师们洗掉手上的粉笔灰去食堂吃饭。我们被反锁在墨香盈怀的办公室。

我倚在窗前,透过钢筋条之间的缝隙,目送那些背着书包奔跑的身影消失在大门外。嬉笑一番后,几个人一时无话,都瞅着墙上的挂钟发呆。胆子大一些的伙伴坐到老师的藤椅上,清清嗓子,装模作样地翻看作业本。时钟单调地重复着那两个音节,我无比清晰地听见自己肠子蠕动的声音,仿佛一只大手在肚子里反复搅动,一瞬间,肚皮瘪下去,背脊耸起,一阵发麻。想象此刻家里桌上热气腾腾的饭菜,我忍不住吞咽翻涌上来的口水。我吸了吸鼻子,推推反锁的木门,木门吱呀着晃了一下,立即恢复从前的漠然。

也不知过了多久,窗外陆陆续续出现几个光头,其中一个歪着嘴问,你们饿不?其余人跟着挤眉弄眼地说,饿不?说完,一起打了一串响亮的饱嗝。

我万万没料到,偷摘几个李子的后果竟然是免去一餐午饭。更让人恼怒的是,他们居然可以在外面肆无忌惮地嘲笑我们。若干年后的今天,忆及此事,终于明白被剥夺人身自由的那一刻是多么让人难受而又刻骨铭心!

老师的本意是让我们尝尝饥饿与恐惧的滋味,并藉此教训我们应该明辨是非,行为须合乎道德规范。他可能没想到,我们却因此成了同学围观与嘲讽的目标。关在办公室里的我们,就像动物园里被人挑逗却毫无反击能力、只能龇牙咧嘴的猴子。

动用"合法"手续,强力限制一个人的人身自由,对禁锢中的身体来说肯定是一种异常痛苦的体验。然而,比这更残酷的是,被一个集体排斥、孤立。我们从小便被塑造成具有强烈集体意识的一代人——个人是鱼儿,集体是海洋,一旦离开集体,随时有搁浅的危险。

小时候常常跟着村里一帮伙伴玩耍,上树掏鸟,下水捉鱼,甚至在后山脚下挖洞烧木炭。起初,我扮演一名温驯的小兵,乐滋滋地执行各种稀奇古怪的命令。后来,也许表现欲过强,我隔三岔五地游离于指令之外,干了一些扬扬得意的活儿,想以此炫耀自己的几分才能。同伴们见我屡次逾越规则,便不约而同地疏远我,在周围竖起一堵看不见的城墙,把我隔离在外。那段日子,我只能远远地跟着他们,试图向前讨要一两件"工作任务",他们却推搡着我,一直把我推到百米之外的村头。

我因为有点小聪明,成绩一直名列前茅,奇怪的是,这并未获得同学的钦佩,反而经常招致含混不清的嫉妒与耻笑。我的同桌经常逼我从他搁在凳子上的右腿下钻过去,因为他的拳头很硬,我估摸着不是他的对手,只好从命。现在,这家伙成了一名小老板,过段日子便邀我喝酒。有几次还问我想不想去长沙泡脚,说一切他来安排。

因为成绩优异,我顺利成为一名光荣的少先队员。

一个周末,我戴着红领巾出现在村头的树林里。一伙人摆开阵势,准备玩打仗游戏。领头的金珠见我胸前飘着一片红,立刻阴沉着脸,喝令我滚开。少先队员有什么了不起?金珠斜着眼睛说。就是。众人将下巴高高抬起。我立即哆哆嗦嗦解下红领巾,揣进衣兜。没料到,他们却站成一圈朝我吐口水。我像一只猩猩一样,高举着双手,护住头部。蝗虫般的唾沫落在我身上,我觉得自己成了一块被人玩腻的石子,随手丢弃在无边的荒草丛中。

从此,失去玩伴的我只能远远望着他们欢呼雀跃,始终无法越过他们构筑的无形的隔离墙。我虽然可以任意奔跑、游走、观望、谛听,但很明显,世界已不属于我。我成了一名孤独的局外人。

多少年后,反思自己不善言辞的性格成因,蓦然发觉这段童年经历才是最重要的酵母。随着时间的推移,被众人囚禁的我,只能把事情压在心底,独自回味。

2014年在鲁院学习时,一次讲座间隙,冯秋子老师提议大家做一个游戏:男生与女生近距离对视十分钟,看看谁能坚持到最后,并从对方的眼神里发现什么。

记得当时我与漂亮的女诗人流苏面对面坐了大约十分钟。对我而言,那是一次全新的生命体验——我从未与哪个异性(包括最亲近的人)对视这么久,而且相距不到二十公分。有意思的是,身边很多同学没能坚持到最后,或扑哧一笑或尖叫一声,匆匆结束游戏。只剩我俩,像两尊石佛,端坐在那儿。流苏的瞳仁深处暗藏一股连绵不断的力量,似乎流露某种自我防护的锐利。游戏结束后,她笑着说从我的眼神里读出了一种让人难以置信的平静。我并不清楚这句话背后的真实含义,也许我的淡然超出她的预期,或是我把自己裹得太紧,竟然没留下一丝缝隙?

很多时候,被人囚禁与自我囚禁就像一个硬币的两面,貌似处于两极,实则融为一体。

二

进入中学后,我和其他同龄人一样,安于学校围墙内的平淡生活。

假期繁重的农活曾使生性懒惰的我暗暗下定决心：拼了命也要挤过中考的独木桥，告别汗水浸泡的乡村。因此，三年中，单词、语法、定理、公式……构成生活的全部。我们深陷其中，乐此不疲。唯一一次例外，是1989年夏天的一段日子里，我与班上一帮同学将目光投向千里之外的京城。我们凭借广播电视里获取的新闻资讯和少得可怜的知识储备，围绕某个话题多次展开激烈的辩论。具体内容已经漫漶不清，但慷慨激昂的情态至今印在脑海。那一年，我十四岁，身体尚未发育。至今我还在为当初的举动讶异，到底是什么拨动了我"两耳不闻窗外事，一心只读圣贤书"的心弦？当初与我辩论最激烈的艾同学如今不知身居何方？我参加工作六年后的一天，意外地收到他的一封信。他在几页薄薄的信纸中讲述了在外奔波多年的坎坷遭遇，甚至毫不避讳地谈及自己与一位已婚妇女间的恋情，信末还附上几首诗，说请我指正。字里行间，依然保存着学生时代的锐利和锋芒。我在回信中回忆了我们的过往，并委婉地劝他暂且收起对社会的不满和批判，先把自己的生活弄好。至于诗歌嘛，单调封闭的乡村生活早已把我的诗情浇灭了。我无法给他什么指正。后来他没再来信。我们回到各自的轨道，继续接受生活的蹂躏。

师范毕业后，分配在乡村学校教书，有一种放飞的鸟重新被关押在笼子里的感觉。起初，我试图在笼子的四壁打开一个缺口，但一次又一次的失败让我省悟现实与幻想之间的距离是多么遥远。我发现，我的翅膀在日复一日的扑打中逐渐萎缩。

同龄人中,我身体发育算是比较迟缓的。师范一年级,我才发现身体的异样。虽然此前也学过一些生理卫生知识,但第一次梦遗还是让我惶恐不安。那些日子,我低着头,在洗衣池里揉搓着脏兮兮的内裤,双腿发软,觉得流失的不是液体,而是自己生命的一部分。那些盘亘在身体深处的荷尔蒙,四处游走时常常让我陷入羞愧的泥淖中。

　　有一段时间,班上一个女生对我充满好感。无论上课还是课余,一双热辣辣的眼睛总盯着我,情绪激动时竟伤心欲绝地大叫:为什么不理我?在同学们一次又一次哄然大笑中,我羞惭得直想化为一粒尘埃。所以她越激动,我越冷淡。我固执地以为,对一个异性充满好感是一件很丢人的事。我像一只刺猬,把自己紧紧裹住。多年后,一次同学聚会。我们在一个峡谷里漂流,这位女同学依然选择与我同乘一艘皮筏子。水流湍急处,她紧张得大喊大叫,眼神里仿佛跳跃旧年的某些东西。我扭头,专心与后面的同学打水仗——多年前竖立的围墙仍然坚固无比。

　　随着年龄增长,放纵身体、突破禁锢的冲动就像潜伏的兽类,盘旋着寻找出口。我结识了几个喜欢武侠小说的同学,晚自习后,我们悄悄溜到宿舍楼北面的小山坡上,练习"虎啸龙吟"。月色朦胧,四野静寂。重重叠叠的树影之间,长短不一、尖锐刺耳的啸叫骤然响起,随之而来的是整栋宿舍楼开窗、咒骂的声音。学期结束时,神情严肃的校长在全校师生大会上怒斥:有些同学半夜三更躲到后面山上鬼哭狼嚎……他可能没有发现,黑压压的人群中,我们几个相视之后的诡异笑容。说到底,鬼哭狼嚎或者虎啸龙吟,只是训斥或自诩的借口,最高兴的是我们身体内无处安放的力量终于找到了一条隐秘的倾泻通道。现在,深夜行走在大街上,偶尔见三五辆疾驰而过的摩托车,引擎的轰鸣与车座上的奇装异服随着一串尖叫呼啸而去。我踩灭烟头,低声咒骂这些把生命拴在车轮上的小年轻。其实仔细想想,他们的身体内不是也藏着一股四处奔突的力量么?他们为什么飙车?也许是想在速度中释放过多的生命能量,也许想藉此探索身体极限的边界,体验自由的感觉。规则、约束、限制以及度量的把握,在他们眼里尚未占据重要位置;相反,激情、冲动,突破常规的跃跃欲试肯定遍布他们的心底。

师范毕业前夕,从未喝过白酒的我在一个同学的挑逗下,竟与另一位同学斗酒——两人分了一瓶锦江(一种当时很多人爱喝的四十五度白酒)。我不知道,那会儿为何选择用白酒来度量我们彼此的"实力"。也许,我的潜意识里认为醉酒能让人通往那个神秘的自由境界?或者以为酒量才是衡量男性成年的标志?比如今天,以拼酒为形式的暗中较量不是屡见不鲜吗?一个浑身散发着烟草和酒精味的男人,不更具有男性的特征吗?那一晚,我用半瓶白酒完成了我的成人礼。第二天,我摇晃着起床时,却惊异地发觉舍友们的目光中少了一丝往日的鄙夷,多了几分认同与赞许。

毕业后回到乡下,十八岁的我像一块泥巴,重新跌落在一堆坚硬的砂石与瓦砾中。又求在他的回忆录中写道,十八岁那年,从学校大门走出的他,被安排与一位七十岁的老人,看守一座离村子二三十里的荒芜的农场。我诧异于父子二人命运的相似,更为自己兜了一圈重回原点的经历黯然神伤。那段时日,我曾抱着酒瓶独对夕阳,曾无数次对着高耸绵延的青山怒吼,也曾骑着自行车在凹凸不平的乡间土路上东奔西突,然后歪在田埂上,含泪仰望天空。我不明白,我的世界为何如此狭隘。每次吟诵里尔克的那首《豹》,念到"它好像只有千条的铁栏杆,千条的铁栏后便没有宇宙"时,我觉得自己几乎要窒息了。

数年里,我日日重复着一个出走的梦想。不为别的,只为跳出这个群山围困的狭小空间,把心灵放逐在遥远的某处。

1996年夏天,经过一番筹划,我和好友阿楠终于登上一趟去杭州的列车,开启一段漫无目的的旅程。

傍晚时分,火车穿过钱塘江的潮声抵达杭州东站。一身汗臭的我们肩并肩靠在车站广场的铁栏杆上,夜色迷离中,目送三三两两操着方言的异乡人消失在出租车、公交车里。夜深了,风过头顶,群星闪烁。一阵沉默后,我们在广场上高歌,歌声伴随两颗年轻的心在杭州的夜空自由飘荡。

之后,我们又去了奉化——在小城的影院看了一部震撼人心的电影《红河谷》。从影院出来,碰见一个流浪艺人,斜背一把吉他,夜风中自弹自唱。电影、吉他、民谣……这些新鲜的名词迅速嵌入我们的旅程,与阿楠并肩站立的一刻,我能感觉彼此血液烧灼后的热度。

我们商议下一个目的地,无锡,甚至敦煌。最终我们却未能成行。挥手告别时,我们约定明年再来一次远游,只是这个约定至今没有兑现,成为回顾往事时的一个笑谈。

如今,每次抚摸墙上的中国地图,指尖滑过大西北的"敦煌"时,内心还会漫过一阵悸动。多年的世俗生活像厚厚的火山灰,把我覆盖,关于远方的梦想便悄无声息地萎缩、凋零。

三

世界虽大,我们却常常被关押在细细划分的某一小格空间里。

在家中,我最爱做的一件事是隔着防盗窗的栏杆远眺街景。白昼黑夜,恍然如梦。我看见佝偻着背骑三轮车的民工,扯着气球的小孩和呼啸而过的汽车;我听到远处火车的轰鸣,市场里切割瓷板与敲击金属的声音;我闻到对面人家厨房里飘出的菜香,晾晒衣服的洗衣粉香味,甚至瞧见另一个站在窗前远望的人——与我面对面,中间隔着一截二十米宽的虚空。我凑过去,鼻尖突然撞到玻璃。那时候,我哑然失笑。太阳光被高大的建筑物遮挡,留下一块整齐的阴影。我们彼此打量着,多么像两只关在笼子里的动物啊。由于距离太远,我无法看清对面人的眼神和表情。但我能想象他(她)的忧郁、寂寥和怅然,对我俩而言,栏杆外的天空与大地在那一刻竟成了遥不可及的东西。

办公室里,伏案工作之余,我会俯视窗外的几棵樟树。层层叠叠的翠绿的叶子在阳光下静默, 趴在树干上的知了却不知疲倦没完没了地鸣叫。看完樟树,我重新回到办公桌前。文件、书籍、水杯、茶叶罐、装订机、计算器……散落在桌上,文件柜和过期杂志占据这间不足十二平方米屋子的一半,容身于这样的屋子里,我的活动空间就越发小了。记得有一年,我与几个文友去天津的文学杂志拜访,在和平区西康路一间逼仄的办公室里,宽厚平静的杂志主编和我们促膝而谈。我环视四周,高高的书架上堆满了杂志。那间狭小、有些昏暗的小屋里,却盛开着一朵朵思想与文字之花,筑造了一座座幽深曲折的艺术宫殿。那一刻,我仿佛明白:空间的限制反而能让精神世界得到更有效的延伸和拓展。

其实,仔细想想,一个人所需要的活动空间并非越大越好。葡萄牙作家费尔南多·佩索阿,这位外贸公司翻译,一辈子几乎没离开过里斯本道拉多雷斯大街。谁能想到,他竟在如此狭小的生活空间里创造了一个丰富多元的虚构世界?除了每天准时上下班,翻译商业信件,佩索阿把心灵寄托在一行行文字中。他常使用三个不同的笔名,并且不同笔名写出的作品各成体系,思想、风格也迥然相异。更奇怪的是,他还为三个笔名所代表的虚拟作者编造了身世,似乎他们确有其人。类似的作家还有卡夫卡、胡安·鲁尔福、布鲁诺·舒尔茨等,他们或做推销员,或当美术教师,一辈子从事默默无闻的甚至十分单调的职业,生活半径也小得可怜,是文字让他们最终获得了前所未有的自由。

没有精神做支撑的人,他的物质世界再丰富,人生也是被囚禁的。在城市,他被大街与高楼囚禁;在乡村,他被青山和绿水囚禁。

骑马疾驰,被无边的草原囚禁;驾船出海,被翻卷的浪花囚禁。他被地球囚禁,被太阳系囚禁,被宇宙囚禁。他拼命地寻找突破的方向,却不知道钥匙就在自己内心。

"自由"有多种定义,我认同"自由是一种免于恐惧、免于奴役、免于伤害和满足自身欲望、实现自我价值的一种舒适和谐的心理状态"。每次听许巍的《蓝莲花》,开头一句"没有什么能够阻挡,你对自由的向往"总是让我陷入深深的感伤——歌声中虽然藏着一股决绝的勇气,现实却常常让人感觉满目荒凉。要"实现自我价值",必得先弄清楚何为"自我"。人流如织,究竟有多少个体弄清楚了这个自我?我们总是把目光伸向庞杂的外部世界,何时才能抽离出来反观自身呢?可以说,正是因为缺少对"自我"循环往复的清醒认识,才使我们无法通往自由之境。

有一首歌叫《董小姐》,那句"爱上一匹野马,可我的家里没有草原",有些沙哑的嗓音里道尽人生的无奈,听了让人内心一颤。是啊,青春就像一匹撒蹄奔腾的野马,只可惜"家里没有草原"——多么令人绝望!当然,我认为这儿的草原并非地理学意义上的草原,心灵沙化才是那把杀死自由的匕首。

四

无论何时何地,生命作为一个醒目的存在,其长度摆在那儿,谁也无法超越。也就是说,"死亡"是任何生命都没法回避、必须正视的一个词。

伟大和渺小,崇高与卑劣,至少在时间面前是平等的。多年来,这个问题始终纠缠在我脑海:生命长度固定,从物理学角度说,人人最后必都归于尘土。到那时,音容笑貌也好,著书立说也罢,都与那个人无关,生前留下的痕迹终归有一天会被人遗忘。说到底,我们其实都是时间的囚徒。在时间织成的囚笼里,一切挣扎和奔突都将消于无形。

那么,苍茫天地间,我作为一个存在物,究竟有何意义?

生长、发育、求学、成家、立业,所有奋斗的结果,最终成为时间长河中不起眼的一滴水珠。每每想到这些,就很容易陷入虚无,感觉世界就是一个无边无际的黑洞,人间悲喜浮沉皆为烟云。有人据此说我看透红尘,有佛的慧根,一个"空"字道破万物存在的真谛。是啊,一个"空"字原本无须确证,但有人偏要与时间争锋,试图挣脱它的镣铐——他们执拗地通过造像、陵墓、册页、史书、传说……试图展示曾经的存在,不放过任何一个使自己不朽的机会。可是久远的人事并不能一一还原,谁也无法获知历史的细微真相。我们行进在探求真相的途中,或许永远不能抵达那个原点。

回顾这些年的写作,发觉自己常常困在怀疑的泥潭里。磨笔多年,也许我是轻车熟路的,但这种轻车熟路恰恰麻痹了我的思维,使我深陷没有新意的复制的泥潭里。苦苦跋涉多年,才明白为了获得新生,必须推倒众多已经建成的文字城堡。扪心自问,也许这就是我活着的真实意义?

推倒与重建,在推倒后构想新的图纸,在重建中寻找通往自由之境的道路。肉身的囚禁并不可怕,可怕的是精神最终被虚无所囚禁。我想,破除虚无的唯一办法是在另一个维度上创造一个世界,一个辽阔幽深的世界。在耗尽心力创造这个奇妙世界的日日夜夜里,我的灵魂之翼得以最大限度地伸展,万物在它的庇护下繁衍生息、欣欣向荣。我想,那一刻所有禁锢都将灰飞烟灭。

听

一

传统家庭里,长辈教导晚辈的第一句话通常是:要听话。在家听父母的话,念书时听老师的话,参加工作了听领导的话,这个"听"含有顺从、服从的意思。父母、老师、领导一般都喜欢听话的儿女、学生和下属。因为有一个预设条件——父母、老师和领导都是长辈、上级,所谓长幼有序、等级分明,历来如此,并且恐怕早已融入每个国人的基因里了。"不听话"则代表叛逆、刁难、挑战与不合群,它因对权威构成威胁,自然遭受不同程度的冷遇、压制,乃至驯服。

我与妻子都来自大家庭,两边的晚辈自然多一些。七姑八姨的小孩中,我就偏爱那些乖巧温驯的。那些桀骜不驯、不懂礼貌的,总是亲近不了,渐渐"敬而远之"。

有一次,在亲戚家吃饭。晚辈中的一个女孩子,大约八九岁吧,突然蹿过来拍一下我的脑门。我立时瞪眼回击:"干什么?"小女孩吓得赶紧跑开。我不知道当时哪儿来的火气,也许在我的潜意识里,头顶是一个人不容侵犯的最后领地。少年时期,父母长辈喜欢伸手抚摸小孩子的头,亲密接触中蕴含无限爱意。成年后,头顶无形中成了尊严的象征。最亲近的人我都会拒绝她的抚摸,何况一个小孩的一击。其实我也明白,自己已是中毒不浅,就是无法放下长辈的架子,时刻想着维护那点可怜的尊严与权威。别人家的孩子我没资格训导,儿子从小我就屡屡教育他:见到长辈须主动问候,长辈的问话要认真回答,与长辈谈话时要先听后说,不能随意打断人家的话;说话时要看着对方的眼睛,不能东张西望,也不能低头看地面;最重要的是,长辈面前放尊重点……凡此种种,不厌其烦。我不知道这些礼仪常识在小孩子看来是否烦琐,是否令人厌恶,我只觉得把它们传授给儿子很有必要。

家人聚会时,经常可以见到这种场面:大人们坐在一起热聊,陈芝麻烂谷子都能炒出五味,小孩则被晾在一边。小孩可不干,故意大声嚷嚷,制造混乱。大人的谈兴被迫中断,便呵斥:大人说话别插嘴,好好听着。他们哪知道,在小孩的耳朵里,他们的谈话多半成了不堪忍受的噪音。噪音有什么好听的?可见,要让一个人认真听话,并不容易。在这儿,听觉与心理构成一种十分奇妙的关系。长篇大论不一定比长话短说有效,众声喧哗不一定比独语呢喃管用。耳朵具有选择性听取功能, 它可以自觉屏蔽一部分不感兴趣的内容。

而且,话语通过耳神经传达至听者大脑后,往往发生复杂的化学反应——它们一旦和听者的思想交汇、组合,相互渗透后便会形成全新的内容。著名作家卡尔维诺《看不见的城市》中有一段非常有意思的文字——忽必烈问马可:"回到西方后,你还会把讲给我的故事再讲给你们那里的人听吗?""我讲啊,"马可回答,"但是听的人只记着他希望听到的东西。你以慈悲侧耳倾听我描述的是一个世界;我回家后,第二天在搬运工和贡多拉船夫中流传的却是另外一个世界;而我晚年如果成了热那亚海盗的俘虏,跟一位传奇小说家同囚一室,口述一次,那又将是另外一个世界。掌控故事的不是声音,而是耳朵。"瞧,相同的故事,不同的人听了有不同反应,添枝加叶后更会产生若干新的版本。

为什么有"话不投机半句多"?为什么又有"听君一席话,胜读十年书"?说话的人固然重要,谈话时的情境、氛围,听者的学识涵养,甚至某个不被人注意的细节动作,都将成为实现高效率听与说的重要催化剂。

二

从乡下移居至城市,第一件不适应的事就是每天早上醒来,耳朵接收的内容变得单调而乏味——除了汽车喇叭声,几乎没有别的声音。好在我住在一座公园旁边,清晨推开窗户,偶尔还能听见树丛中的鸟鸣。

下楼右拐,不到一百米就进了公园。风从瘦高的松树顶上经过,松针唰唰作响,将清冽的秋意推向半空,洒落在晨练者的衣襟上。他们的步伐稳健有力,便携式音箱里飘出一串旋律,把凉爽的空气织成一匹柔滑的锦缎,随着脚踝游动。上了一个缓坡,鸟鸣便从树林深处钻出。起初似有试探之意,蕴含一些胆怯与羞涩,接着便是两个节奏明亮的音节——它们是要把我带回故乡么?我不由得噘起嘴唇,模仿它们的叫声。鸟儿听见回应,不辨真假,叫得更欢了。我掏出手机,悄悄把它们的合唱录下来。我想,要是把这段合唱植入那首著名的《布列瑟农》,会产生什么效果呢?《布列瑟农》的结尾部分,火车呼啸而过,卷起一阵鸟鸣,歌者离开故乡与情人的伤感是否又叠加了一层?

夏夜,唱了一天的知了暂时歇息。夕阳怀抱最后一缕暑气,铺展在平静的湖面上。最先打破沉寂的是蛙声,应该是那种体型较小的蛙吧。绵密、倔强,仿佛若干动力十足的马达,同时在湖的四周开通。比起白天的知了叫声,此起彼伏的蛙鸣由于混杂着水汽而显得滑润,一波接一波荡涤着人的耳蜗,最容易让人想起风吹稻浪,想起谷穗上挂着的露珠所折射的阳光。成年雄蛙则躲在湖边某丛灌木下,它的叫声很有王者气象:"冈——冈——"两个中气十足的音节,不疾不缓,自在从容。

秋天一到,公园成了昆虫的领地。月亮像一枚银质徽章,别在夜空的大衣上。灌木丛中叫得最欢的歌手是纺织娘。"唧唧……"音节纷纷扬扬,急促而执着,将星星推得很远,将人的耳朵扎得麻酥酥的。远处,广场舞的音乐反倒成了噪音——器乐总给人一种造作之感。

多年以前,公园里安插了一座动物园。也不知晓主事者当初为何将一群动物安置在静寂的园子里。数年后,又有一家游乐场做了动物园的邻居。每逢周末,乘坐摩天轮的少男少女们在半空尖叫,过剩的荷尔蒙像漫天礼花缓缓飘落。晚上,在婆娑树影笼罩下的小道上行走,黑暗中的动物园内偶尔会爆出一两声虎啸——只是少了几分野性,变成例行公事般的叫唤了。白天,无论游人如何挑逗,那只老虎都保持沉默。大部分时间,它闭着眼睛卧在铁栅栏内,间或立起来走两圈。它对白天不屑一顾。是否黑夜才能让它想起失去自由前的日子?它的低吼无奈、落寞,更蕴含反抗的徒劳与悲伤。

我原来居住的小区紧邻一家建材市场,各种各样的切割声几乎能把人的耳朵搅碎。特别是做铝合金门窗的,砂轮飞转,火花四溅,发出一阵阵"喳——喳——喳——"的响声,感觉耳膜被它刺穿。建材市场前面是一条马路,货车、三轮车、摩托车、出租车汇成车流,行人与自行车经常横穿马路,喇叭声便响成一片。这些突兀的声音汇聚在一块,能测试一个人的听觉极限。有几次,我在那一带行走,喇叭声紧贴着我的脊梁骨,将我压迫得差点喘不过气来。往东数千米,过立交桥,到了城南,那儿是商品的世界。黑色音箱立在店铺外面,反复播放"走过路过,不要错过;错过今天,要等一年"。"名牌衬衫,厂家直销。""XXX裤子,一条只要五十元。"扎着马尾巴的店员摇晃着塑料手掌,噼噼啪啪,噼噼啪啪,直到把人的神经拍得瘫软成面糊。在这声音的海洋里穿行,物质的气味浓密而黏稠,即使回到家中,各种声响依然牢固地吸附在外衣上,脱下衣服使劲抖几下,尚能听见它们的碎片跌落在地板上,发出尖利的回声。

办公室窗外有两棵梧桐树,对于身居闹市的我来说,是一件很幸福的事儿。每次从繁杂的事务中抬起头,总能听到几声鸟鸣,甚至鸟儿扑扇翅膀的声音———一种小小的、羽毛为麻灰色的鸟儿。时令正值深秋,树叶边缘呈金黄色,只剩叶脉还顽强地保留几分深绿,罩着浑身是刺的球果。风中裹着寒意,鸟鸣异常清晰,喧闹的市声反而向远处退去。刹那间,耳朵里一片空阔,浑身毛孔舒张,如入幻境。双眼微闭,不知身在何方。古人讲的"天人合一"便是这种境界吧?

多年来,这个世界用一种无孔不入的方式,蛮横地把它的繁华和驳杂硬塞给我。我想用文字表达它的繁华和驳杂,但明显感觉文字的单薄无力。广袤的存在面前,思维与表达的限度让我羞愧。那些声响,听起来是单纯的音节,可是音节里面呢?建材切割中有没有一个家庭的柴米油盐?音响广告里有没有创业者的梦想?鸟儿翅膀下有没有筑巢的忧愁?老虎的吼声内有没有不堪回首的沉默?

三

如果说我身上还有一点点音乐细胞,那完全得益于小学一年级学唱的一首儿歌。

老师站在油漆剥落的讲台上。他领唱一句我们跟一句,一节课下来差不多学会了。歌名现在忘记了,只记得两三句歌词:"生产队里养了一群小鸭子,我天天早晨赶着它们到池塘里……再见吧小鸭子我要上学了……"旋律中充满让人跳起来的欲望。当年,我背着一个绣有红五星的帆布书包,上学路上翻来覆去唱着这首歌,一见水中游泳的鸭子便丢块石子过去,拍拍手唱"我要上学了",脚步轻盈得几乎飞起来。也许因为现实生活与歌曲内容惊人重合,旋律中跃动的欢悦竟能穿越三十多年光阴,将我的思绪带入模糊的童年。那时候,家里人多田少,蒸饭时还得掺一些红薯条进去。虽然粗糙的红薯条难以下咽,但敲着筷子唱起歌就忘了一切。音乐启蒙与生活困窘神奇地融合,让少年摸索到通往另一世界的隐秘之门。

稍大一些,最喜欢到村子中央的代销店听评书。店主是村里的一位老先生,每天中午十二点准时打开收音机。我们围在高高的柜台边,认真捕捉说书人抑扬顿挫的声音。故事情节起伏跌宕,人物鲜活如在眼前。讲到人物命悬一线时,我们的耳朵恨不得贴在那个锈迹斑斑的喇叭上。突然头顶掉下一声棒喝:"要迟到了!"我们如梦方醒,恋恋不舍地跨过小店的门槛,朝学校奔去。那个黑色匣子使我们懵懵懂懂地意识到,除了巴掌大的小山村,故事的深处还藏着一方辽阔天地——其间有数不清的忠义、勇敢和真情。

二十世纪八十年代末,我在乡中学念书。学校没有专职音乐教师,但有一台半新的风琴。教英语的廖老师因为有一副好嗓子,加上年轻,索性把音乐课也上了。每次课前,后排个子高的同学都会小心翼翼地把风琴抬进教室。风琴落地,廖老师掀开盖子,十指翻飞,一串音符似水银泻地,教室里几十双耳朵立即沉醉其中。伴随琴声,我们唱《蓝蓝的天上白云飘》《血染的风采》《爱的奉献》《小草》《小白杨》《三月里的小雨》……不管美声还是通俗,高昂还是忧伤,声音从正在发育的胸腔里迸出,有一股一直往前冲的倔劲。最难忘的是,邻居哥哥的录音机里经常飘出那首《为什么喜欢你》:"这一条小路静静又悄悄,听得见你我心呀心儿跳。你心呀我心连一线,穿梭在山林间。这一串恋情悄悄地结起,跳跃的音符点缀我心里,你线呀我线连一线,永远是不分离。送给你送给你一根线,针线本是两相连。静悄悄地问自己,为什么偏偏喜欢你。"旋律轻快,歌者的嗓音又甜又软,正值似懂非懂年龄的我听了不禁脸红耳热。

升入师范学校后,港台歌曲开始进入我的日常生活。"四大天王"以外,小虎队、beyond乐队、李宗盛、罗大佑、齐秦、姜育恒、林忆莲、梅艳芳、王杰、张雨生……尤其是拄着双拐的台湾歌手郑智化,给我留下深刻的印象。那是一个视孤独、忧郁与叛逆为时髦的年代,因为有许多人和事无法理解,我常常一个人在校园里行走,反复哼唱着"他说风雨中这点痛算什么,擦干泪不要问——为什么"。郑智化沙哑的嗓音,桀骜的眼神,还有他身上散发的孤傲之气,都成了我膜拜与模仿的对象。若干年后,偶尔和朋友进KTV,我都会重温一遍《水手》。每次唱起它,不仅仅是单纯的怀旧,更是温习一遍真男人的成长历程。

人到中年,浮华渐渐化为烟云,眼前只剩下瘦硬的真实,便喜欢上蔡琴的声音。蔡琴的声音貌似绵软,实则暗藏一股力量——与太极拳相似,掌风所至,常常伤及骨髓。齐耳短发的她立在宽阔的舞台中央,一束灯光打在她身上,低沉的嗓音飘出,仿佛苍穹上裂开一条细缝,而后有千万颗雨滴洒落,滋润台下无数干枯的心田。听《恰似你的温柔》,就像与一位阅历丰富的优雅异性喝茶聊天,往事在茶杯里翻滚,万千情绪却被尽力克制,最终升腾为一缕茶香。"到如今年复一年,我不能停止怀念,怀念你,怀念从前",青春、故事、欢笑、眼泪,还有比这更多更深的离愁别恨……在蔡琴的歌声中并未表现为一般中年妇女的絮絮叨叨,而是沉淀为穿越人世悲欢后的达观与淡定。"像一阵细雨洒落我心底,那感觉如此神秘。我不禁抬起头看着你,而你并不露痕迹。虽然不言不语,叫人难忘记。那是你的眼神,明亮又美丽。啊——有情天地,我满心欢喜。"至亲至爱的人在一起,一个眼神胜过千言万语。沉默中隐秘而惬意的交流,原来是只属于两个人的秘密电码。

数年前,我特意买了一张蔡琴的CD放在车上。我喜欢把她的《你的眼神》与马修连恩的《布列瑟农》交替播放,在轻快、舒缓的节奏中获得辽阔的平静。只可惜不知何故,那张CD最后竟然下落不明。

儿子读小学四年级时,有一天突然提出想学吉他。我问儿子,你真想学?儿子点点头。你真想学就要做好吃苦的准备,做一件事不能半途而废。我说。

我给儿子找了小城里最好的古典吉他教师,当然学费也不菲。老师是个挺温和的人,脸上始终洋溢着笑容。

一切从零开始。儿子在老师的调教下,开始练习弹奏音阶。也许是姿势、力度把握不准,从吉他共鸣箱里发出的声音单调而突兀。说真的,那段时间,每天傍晚陪他练习,我的耳朵备受折磨。有几次,急躁的我冲儿子发脾气,骂他笨,甚至嘲笑他是个"弹棉花"的。儿子含着泪花,伸出左手让我看,按琴弦的几个手指肚上一道道凹痕。我唯有长叹一声,重新给他翻开曲谱,一边陪他哼唱"哆来咪发唆",一边帮助他纠正两只手的姿势。

大约半年后,儿子渐渐掌握了弹奏的基本技巧,能够弹一些简单的短曲子。那些音符连成一串,在他跳跃的手指间缓缓流出,使我的心渐渐平静。儿子上初二后,忙于应付功课,便无法坚持上吉他课了。最后一堂课上,老师与他联奏了一支难度较高的曲子。我站在旁边闭目倾听,发现儿子的弹奏在流畅性与节奏的把控上已经进步不少。结束时,老师叮嘱儿子,不能因为功课多而放弃练习,每周要坚持弹一两个小时。

我挺喜欢听那首旋律简单的《滴答》。儿子边弹边唱,叮叮咚咚的吉他声伴随他有些稚嫩、生涩的嗓音在房间里回旋,经常让我沦陷在回忆的泥淖里。褪色的青葱岁月仿佛不曾存在,我忽然就成了一个标准的中年男人。每天为工作、写作、阅读和柴米油盐忙碌,奔波于父母、妻儿、同事、朋友和一些陌生人之间,生活的庸常与人间冷暖无形中将我的耳朵和灵魂锻压成了一块生铁。只有这首《滴答》,将人世美好的一面徐徐打开,让我的耳朵自动屏蔽喧闹的市声,沉醉于清亮而洁净的旋律中。

四

每次闭上眼睛,最想倾听的声音有两种:窗外滴滴答答的雨声和室内家人轻微的呼吸。

每次雨声入耳,心底总能泛起一片绿意。一切坚硬、粗粝的事物,经雨声洗刷后,都能变得柔软和精细。二十年前,我在一所乡村小学任教,八个教师中只有我一人住校。二十出头的我像一头被囚禁在铁栅栏内的豹子,放学后只能对着远处的山峦和田畴怒吼。一场秋雨洒落,地里一排排光秃秃的棉花秆子在雨声的滋润下静默着。时间一分一秒过去,那些瘦硬的褐色枝丫在我的注视下缓缓舒展,我仿佛听见泥土下的根系在无限膨胀——将要萎缩的血管在秋雨的召唤下获得新生,毛茸茸的绿意顷刻占据我的心房。

雨声,特别适宜一个人聆听。宋人蒋捷有一首著名的《虞美人·听雨》,三个听雨片段,从少年轻狂、中年漂泊,到老境孤寂,写尽人生百味。二十年间,我从乡下走到城市,在寒风萧索的屋檐下听过雨,在满目荒芜的田野间听过雨,在草木蓬勃的山谷里听过雨,也在车水马龙的大街上听过雨。不知是道行浅,还是心智鲁钝,雨声给我的始终是无边的宁静。伫立于无边宁静中,我常常想起花园里弓身干活的诗人米沃什,"这世上没有一样东西我想占有"——是啊,雨声已是上苍赐给人类的最好礼物,除此我们还想占有什么呢?

儿子上小学之前那个暑假,我训练他分房睡觉。起初,他怎么也不肯躺下去,说害怕一个人睡。我打开台灯,坐在床边,为他读《尼尔斯骑鹅旅行记》。尼尔斯变成拇指大的小人,骑在一只名为"马丁"的家鹅的脖子上飞上天空……儿子停止嬉闹,在神奇的故事里合上双眼,均匀的呼吸从他的小鼻孔里钻出,小肚皮一起一伏。暑气尚未退却,蚊子在头顶盘旋。我关了灯,为儿子轻轻摇着蒲扇。窗外偶尔传来一阵火车的轰鸣,与儿子有节奏的呼吸混在一起,渗入我的耳蜗。我捏着他的小手,借着月光端详这个微缩版的"我",嘶嘶的气流声在房间里浮动,脑海里不禁闪现若干年前的自己。

最近睡眠不好,半夜醒来,常常盯着有些模糊的天花板发呆,耳畔却响起妻子轻微的鼾声。时高时低的鼾声在静寂的房间里荡漾,像一只无形的手,牵扯着我的视线,在微白的墙壁上游走。妻子的睡眠质量很高,哪怕给她十多分钟,她也能迅速入睡。记得若干年前,我们去黄山。那天天气炎热,车厢仿佛一个大蒸笼,汗水沿着脖颈流下,衣服很快湿透。没料到,妻子(那会儿还是女友)一挨着座位就睡着了。每次说起这事,我都对她的"睡功"赞叹不已。墙上闹钟嘀嗒作响,我侧过身子,看一下手机,已是凌晨三点。妻子咕哝着说,拿去,全都拿去。我知道她在说梦话,不禁莞尔。好几次,妻子说晚上做了一个彩色的梦。我不信,妻子信誓旦旦地说,五彩缤纷,如入仙境。我很少做梦,即便偶尔有梦,也只是快速闪过的一两个镜头而已。她的五彩梦该是种植在鼾声里的花朵吧?

读一部书,观一幅画,总能从字里行间或线条色彩中真切感受到作者的呼吸。

读《红楼梦》,听见曹雪芹幽暗心底发出的悲愤与叹息,为繁华和衰败的戏剧转化,为达官命妇公子小姐丫鬟小厮尼姑道士的殊途同归。摊开书页,曹雪芹的呼吸时而舒缓时而急促,时而高亢时而低沉,方寸间有悲悯,沉默处听惊雷。《卡拉马佐夫兄弟》背后的陀思妥耶夫斯基,呼吸如排山倒海,有一股挟持读者的神力。奈保尔在《米格尔街》中却像邻家大叔一般,故事娓娓道来,呼吸徐缓有致。厄普代克《父亲的眼泪》是一次结实丰满、让人鼻尖泛酸的人生回望,读到"爱记忆中的人容易,难的是当他们出现在你身边,你面前,你仍然爱他们"时,我清晰地听见作者的呼吸节奏中掺入了几分厚重与沧桑。而海明威、奥康纳和吉根的呼吸,则像南极的冰原,冷峻、克制、锋利,能划破皮肤,穿过肌肉,直抵心脏。最近读雨果《九三年》,读到罗伯斯庇尔、丹东与马拉在巴黎孔雀街的一家小酒店里开会的片段,三个人之间的激烈争论和相互攻击犹如几百辆坦克列队碾过一块平原。雨果的呼吸铿锵有力,仿佛天边滚过的雷暴。

凝视镜框里的画作,也能听见画家的呼吸。宋人山水中有看破尘俗的从容,八大的残荷、怪鸟里有无处归宿的愤懑,拉斐尔的圣母像里有世俗的安详,塞尚的风景画中有异乎寻常的重量,莫奈的色调中有模糊现实的企图,梵高的色彩里有一种惊人朴拙与真实。

文字、线条和色彩是作者呼吸的韵脚。当作者的呼吸与读者的呼吸碰撞、交汇,跨越时空的心领神会才成为可能。

望

一

眼睛，这个奇妙的器官将无限丰富的物质世界组合成若干形状、体积、颜色与线条，而后错落有致地呈现在人或动物的脑海里。不错，只有看见，才有辨认、区分与探究，才能辨析个体与外界的神奇关系，反观自身存在的价值和意义。

在公园里散步，从高低不一的乔木和灌木旁经过，我偶发奇想：一棵树在人的眼中和在一只蚂蚁的眼中有什么区别？人能够清晰地观察树干、树枝、树叶，甚至端详与辨认柔和的叶脉。蚂蚁呢？于我而言，一棵树是静止的，沉默的，生长过程是缓慢而不易察觉的。那么，一只蚂蚁看来又如何？它从一个遥远的地方来，或许为了寻找同伴，或许只是闲逛。当它在树皮的缝隙里缓慢爬行，除了满眼的褐色与绿色，它是否还听见了树的呼吸？

每天一早睁开眼睛，推开窗户，总有无穷多的事物涌入视线——天空、房子、街道、汽车、行人、植物,甚至飞翔的小鸟,爬行的蚯蚓……相同事物的循环刺激,容易使人麻木:天空除了游动几朵白云,未能给我们更多信息;房子每天照例坐在那儿,板着一张脸孔;街道每天准时响起洒水车播放的音乐,旋律熟悉得令人昏昏欲睡。然而,且慢,一栋房子里每天演绎多少人间悲欢?街道留下的脚印或车辙里,又隐藏多少微妙的情绪和心灵的悸动?甚至空中飞翔的小鸟,它的叫声里传达了多少对某棵树的依恋?万物看似平常,背后是否藏着一个小小的宇宙?

我们这儿养鸡养鸭的很多,不知为什么,养鹅的却很少。小时候,家里养了几只鹅。我偶尔从它们身旁经过,它们总是啸叫着,长脖子贴地摩擦,一路追赶过来,气势汹汹,让人避之不及。奇怪的是,鸡和鸭却见人就闪。长大后才知道,鹅眼构造相当于凸透镜,人的身体在它眼里缩小了N倍,所以它敢欺负人。抛却这个原因不论,家鹅的远祖是鸿雁,又是旧时王公贵族的看家鸟,血液里流淌着一些野性因子也未可知。作家刘庆邦在一篇文章中描写一只大白鹅,"鹅每天在院子里走来走去,见生人进院子就大叫,并把长脖子伸得像蛇一样贴着地面,向生人发起攻击。当鹅老了,不再下蛋时,家里人就把鹅杀死了。鹅头被菜刀斩断后,鹅还举着脖子在院子里跑。奇怪的是,四合院四面都是墙,断了头的鹅却不撞墙,它跑到墙边就拐了回来,分寸掌握得恰到好处……"失去利用价值的鹅被一把菜刀收拾,却"举着脖子在院子里跑",多么血腥和令人惊悚的场面!断头大白鹅如何做到"不撞墙"并且"分寸掌握得恰到好处"？难道它的视觉神经可以脱离大脑控制？生物界究竟还有多少现象超出我们的认知范围？

我们总能在不经意间发现一些微妙的现象。数年前的一天,我与一帮同学坐在去四川的火车上。车厢内很是热闹,有人玩牌,有人聊天,有人低头看手机。我站在窗前看远处开阔的农田。忽然,有人叫我。我转过头,正好瞟见斜对面的座位上,一位女同学端起旁边男同学的水杯喝水,动作是那么熟稔和自然,仿佛两人已是相伴多年的情侣。后来,几位好友聚在一起"八卦",议论某某男同学和某某女同学有"戏",我冷不丁讲起那天火车上的一幕。记得我当时笑着说:"能够那么行云流水地共用一个水杯,说明两人关系确实不一般了!"好友夸我善于捕捉细节,有写小说的潜质。后来的事实证明,我那次不经意的回首,正好发现了一个最耐人寻味的细节。大家来自全国各地,可惜四个月的时间对于两颗擦出火花的心来说未免太短。我清晰地记得,学习结束前几天,水杯主人一改往日的阳光形象,变得消瘦而沉默。如今回忆起这些,仍然为当初的转头慨叹不已——人生的机缘有时候真是说不清楚。

我租住的小区离菜市场不远。一天早晨,在去菜市场的路上,我看见三个盲人连成一排横穿大街。他们每人手中握着一根光溜溜的竹杖,前面一人挥动竹杖往左探路,后面的同时朝右挥动竹杖,动作那么娴熟。那时正值上班高峰期,路上车子、行人往来穿梭,三个盲人居然如入无人之境。目送他们顺利到达街对面,我想,上天不公,让他们的眼睛成为一个无用的器官,但并未妨碍他们前行,这是为什么?除了后天的反复训练,心如明镜是不是另一个很重要的因素呢?在索福克勒斯笔下,俄狄浦斯是人间最有智慧的人,但他的结局却是刺破自己的双眼并自我流放;盲人忒瑞西阿斯虽没有视力,却能看透并预言一个人的命运。一个健康的人与一个盲人,到底谁的观察力更准?谁更能看清楚世界的本质?

我们好像看见了,其实并未看见。

二

一天清晨,一声巨响惊醒了我,我以为楼上有什么重物砸下来。原来是妻子不小心,让厨房北面的一扇玻璃窗摔在楼下空地上。一楼是一间茶馆,幸好那会儿没有人出入,否则后果不堪设想。就这样,我借以眺望远山的媒介从五楼垂直下落,在水泥地上裂为碎片。此前,几乎每隔一段日子,我都要隔着这层玻璃,眺望连绵起伏的蒙山山脉的一角。因为,山脚下有我的故乡。十多年前移居城市后,这已经成了我的习惯性动作。

其实,我与故乡的距离并不远。但不知为何,我宁愿这样虚无缥缈地想象它。在我的凝视中,故乡的炊烟与土墙,牛、狗、鸡、鸭的叫声,池塘边的碎瓦片,树枝上虫眼斑斑的果子……一一复活,如一台正在上演的大戏。然而现实与记忆中的东西总是反差极大。今年夏天,两间老屋拆掉后,我发觉自己与故乡的唯一联系生生地被切断了。老屋是三十年前父亲带领姐姐们挖地基,挑砖瓦,亲手垒起来的。以前每次回去，推开有些破旧的木门，总能在某个墙角找到一些儿时顽劣的证据。如今，顷刻之间，房子被挖掘机的巨手夷为平地，旧物件全部埋压在残砖断瓦之下，只剩满目荒芜。房子没了，故乡顿时变得陌生，我只能遥望她的方向。奇怪的是，玻璃窗没了，我眺望故乡的动力也随之减弱甚至消失。

我租住在一个有些老旧的小区，由于楼间距较大，透过南面窗户尚能瞧见一片天空。往左看，公园内的乔木与灌木错落有致，绿得发亮。树影深处偶尔钻出一段清脆的音符——那是一个老头卷着树叶吹出来的。我曾见他斜背着一个褐色布包，双手捂着树叶，一边吹一边朝前走，腰板笔直，步伐稳健有力，一头银发在林间光斑上游弋。老头吹得最多的是一曲《血染的风采》。也许他曾是一名军人，在边境线的炮火和硝烟里留下过某次战斗的痕迹？他在用这种独特的方式回望那段历史？

隔着卧室窗户，可见二十米开外一排旧楼。在雨水反复冲刷与太阳的不倦炙烤下，灰暗的墙皮几乎剥落殆尽，瘦骨嶙峋的墙体似年迈的老人，让人怀疑它随时可能垮塌。这些房子，楼道狭窄逼仄，堆满杂物，偶尔可见肥硕的老鼠出没。厨房外面都安装了大功率排气扇，经年累月，油污跌落，层层累积在外墙上，透着一缕斑驳和荒芜。在这儿住了将近一年，几乎每天傍晚，我都会在窗前立几分钟，眯着眼睛眺望对面人家。上下楼梯的多半是老年人，白发、皱纹、拐杖与咳嗽交织在昏暗的楼道灯下，使作为观察者的我提前感觉苍老。不是么？近些年，我的头顶几乎成了不毛之地。为了减少他人的视觉刺激,或者出于自我安慰,每次走进理发厅,我都叮嘱师傅把稀疏的头发悉数推掉。可是,不出二十天,四周发茬渐渐长出,复留头顶一片刺眼的白。有一次,妻子用手机拍了我的后脑勺,嬉笑着说,你又要去理发了。我看着照片,竟有些恍惚——屏幕上的"地中海"确定属于我么?瞬间,由中年秃顶想到那一排旧楼,模糊的呼应倏然涌起。旧房子、旧家具、旧街道、古树,以及每个周末邻居的儿孙绕膝……视线由远及近,我仿佛陷进一个时光之轮飞速前进的旋涡,一切事物已在身后,唯剩躯体渐渐融化。

每天下班回家,隔着汽车前挡玻璃,望见钢铁厂区内高高的烟囱,情境有点像某部好莱坞科幻大片——孤单的地球人行走在一片昏暗荒凉的废墟中。三十年前,这家钢铁厂还在数十公里外的小镇背后的一座山上;后来城市大搞建设,也许为了聚集人气,执政者一挥笔,将热气腾腾的厂区迁至城区。十多年前,首都钢铁厂因空气污染问题已迁至河北唐山;今日,为了发展地方经济,这家钢铁厂却在不断扩建。有时闭目玄想,头戴安全帽、身穿蓝色工作服的工人每天都从宽阔的厂区大门出入,他们的工资条上隐藏着柴米油盐酱醋茶,隐藏着教育、医疗以及人情往来。PM2.5、空气质量指数和就业、收入、日常生活之间的关系,谁能理得清楚?偶尔与朋友谈及这些,他们总愤愤不平于决策者的功利与近视——"牺牲几代人的健康换取 GDP 的增长。""钢铁厂当初就不应该搬到城区来,要是还在小镇多好。"我的第一反应是点头,但点头过后又觉得不是滋味——小镇居民就应该每天生活在烟囱下么?对于每个个体来说,生存与发展的权利难道不是平等的?

在绿意葱茏、干净整洁的街道上行走,会陶醉于小城的安静与妩媚;每次遥望突兀的烟囱,却心里一紧,仿佛看见一大片灰尘和颗粒正在疯狂地侵蚀我的肺叶。我看见以烟囱为标志的工业正在向四周蔓延,像巨型章鱼的吸盘,牢牢吸附在这片熟悉而陌生的土地上。

我所在的单位是群团部门,办公场所十年三迁,大家自嘲为"打游击"。

两年前,我们搬进市政府隔壁大院一栋陈旧的办公楼内。除了窗外偶尔传来一阵狗吠(街道对面开了一家宠物店)与水果贩子的叫卖声,多半时间里,楼道内一片安静。楼前空地上有两棵梧桐树,正好夹在两栋楼之间。推开窗户,一丛绿色跃入眼帘,遮挡了对面楼房的部分灰色外墙,使我的视线获得些微缓冲。梧桐树的树顶是无数高低起伏、疏密有序的叶片,每次凝视这些欢悦的叶片,我真想伸手与它们一一相握。其中一棵梧桐的枝条距离我房间的窗户不足四米,空闲时,我喜欢与它对视。夏日早晨,轻风徐徐,手掌状的叶子微微抖动,我的心也随之慢慢平静。一阵细雨过后,叶子欢快地跳跃着,叶脉如网,清晰可见。不知道闹市中的它,饮风吸露的它,每天俯视脚下拉着板车的保洁员和汗流浃背的快递小哥时,在想些什么?我注视着它,它总是沉默不语。但我以为这并不代表它无话可说,它的话语在风中,在雨中,在时间的沙漏里。

我无端地相信,即便在钢筋水泥丛林里生长,一棵不起眼的梧桐树也能让人读出一道自然的蓬勃缩影。

三

每次乘坐火车，我喜欢站在两节车厢的连接处，衔着烟卷，看窗外闪过的天空与大地。

六七岁时，我第一次见到火车。那天，我跟着表哥去田里抓青蛙，据表哥回忆，当火车拖着浓烟从两山之间"吭哧吭哧"地驶过来，我吓得大哭起来。我依稀记得，最后一节车厢里，有个小女孩探头看着窗外。那是一列人货混装的火车，车速并不快，前面货厢里堆满乌黑的煤块，后面挂了几节绿皮车厢。我握住拳头擦眼泪时，火车喘着粗气走了，把我和表哥扔在一片黄泥地里。这个镜头至今深深刻在我的脑海里。那个小女孩的眼里，窗外缓慢起伏的山丘与炊烟袅娜的屋顶是否让她想起自己的家呢？时间被回忆切割成若干段，那一瞬间，车厢是一节前行的机器，窗外是一个倒退的世界，两个东西相互摩擦，然后扭结在一起，很容易让人陷入恍惚。若干年后的我，夹着烟卷眺望车窗外，疏离中不免纠缠着些许忧伤，觉得疾驰的车厢简直就是一座驶向蛮荒之地的钢铁孤岛——距离家乡愈远，孤岛似的感觉愈强。

有一次去北京。大约是秋天，阳光里夹着几许清洌。火车哐当哐当地行驶在辽阔的北国平原上，除了那些细长的白杨树和它们留下的稀疏影子，几乎满眼都是灰白的泥土。灰白泥土之上，有低矮的平房,破败不堪的简易厂房和小山似的垃圾。这让生于南方、日日在碧绿中穿行的我视觉神经大受刺激,眼睛酸胀,仿佛潜入数粒沙子。太阳西沉,火车驶向某个站台,两侧都是外墙辨不出颜色的楼房,蛛网似的电线纵横交错,把天空切成碎块,五颜六色的衣服悬挂在鸟笼似的防盗窗外。远处,出租车的喇叭声与摩托车的轰鸣响成一片。当我将视线从一排排灯箱广告收回,才发觉堆积如山的垃圾与散发腐臭的小河就在脚底,翻滚的酸臭味将整列火车围困在狭长的车站内。

火车停稳后,车厢门开了。有人睡眼蒙眬地拉着行李箱下车,有人捏着车票上车,左右张望,操着陌生的方言寻找座位。灯光将抵达目的地的人群的身影拉得老长,他们蠕动着,移向张开大口的地下通道。我掀开蓝色窗帘,打量着异乡的真实一面。

火车作为观察外部世界的移动窗口,堪称发明史上一大奇迹,也是现代社会留给人类的一个绝妙隐喻。虽然它的速度使很多城市抽象为乘客记忆中的名词,但视野的成倍扩大却让人生发渺小之感。在车上,人很容易反观自身与周围环境的奇特关系——混迹于陌生的人群中,"我"的存在感凸显,"我"的远望因此具有婴儿睁眼看世界的原始意义。我一直无可救药地认为,列车上的时间是上帝的恩赐,它将"我"从周而复始的日常生活中剥离,还原为异常真实的"这一个"。这匹钢铁怪兽在较短时间内将一个人运送到千里之外的陌生之地,让他(她)的思维在家乡与异乡之间频繁切换,并获取层出不穷、意想不到的信息。它在缩短空间距离的同时,把乘客关于现实的思索之路无限延长;它在节约时间的同时,让离愁别绪一点点累积与叠加……

四

有时候,看的过程其实是一个不断选择与被选择的过程。

朋友谈读书,说到钱穆先生的《国史大纲》,读来读去还停留在前面那几页,不免有些沮丧。我明白他的意思,是说钱先生这部书内涵实在宽广深厚,没有一定知识学养做基础,的确很难"望其项背"。我也曾数次阅读此书,终于因为自己的浅薄而搁下。只记得书的引言里,作者慨叹当时写作的不易——抗战时期,国人颠沛流离、食不果腹;学术参考书亦大多在战火中遗失。我想这恰好证明了钱先生的"满腹经纶"。阅读这样一部大山般的书,无疑是对读者知识积淀和耐心定力的严峻考验。拿起抑或放下,都是异常艰难的选择。

我的阅读记忆中,有几部书是费了好大力气才读完的。像拉美文学代表作家卡洛斯·富恩特斯的《最明净的地区》。作者是极富野心之人,他吸收、融合乔伊斯、福克纳、劳伦斯、多斯·帕索斯等文坛名宿的技巧,将反差明显的各色人物和场景编织在一起,整本书仿佛一部结构宏大、细节错综的交响乐,又像一块璀璨华丽、让人目不暇接的织锦。小说里面的人物对话和场景描写跨度之大,读者稍不留神就可能被富恩特斯"关在门外"。还有胡安·鲁尔福的《佩德罗·巴拉莫》。胡安·普雷西亚多遵守母亲的遗嘱,前往科马拉——一个冷冷清清、空无一人的村庄寻找事实上已经去世的父亲。在科玛拉,他和若干未经超度、终日不得安宁的鬼魂生活在一起。通过这些游魂的诉说,他才还原父亲生前的形象。胡安·鲁尔福如一个高明的魔术师,让故事在不同时空铺展,创造了一个异彩纷呈的世界,读懂他需要经受一连串的智力考验。由这部书我忽然想起蒲松龄的《聊斋志异》。分处东西两半球的两位作者都为读者创造了一个人鬼不分的奇幻世界,但胡安·鲁尔福笔下的世界显然更复杂而广博。谈到这部书时,马尔克斯曾经说:"对于胡安·鲁尔福作品的深入了解,终于使我找到了为继续写我的书而需要寻找的道路……他的作品不过三百页,但是它几乎和我们所知道的索福克勒斯的作品一样浩瀚,我相信也会一样经久不衰。"细心的读者当能从他的《百年孤独》中发现一些《佩德罗·巴拉莫》的影子。

我对电影多少有些偏见,总觉得单凭画面和声音无法深刻细腻地表达一部作品的思想和情感。所以,我很少进影院。最近一年,因住处离一家影院很近,为满足视觉冲击需要,我周末常常坐在影院里。看的片子多了,我才渐渐明白:"观影"这一单纯动作的含义并非我所理解的那么狭隘与片面。有些观众迈进影院,也许仅仅为了视觉与听觉的刺激:犯罪、悬疑、科幻、灾难、恐怖、动作……各种类型片,逼真的效果极大地满足了他们的好奇。可事实上,很多影片在满足人们视觉享受的同时,也留下无穷丰富的想象空间。前段时间,看国产影片《冈仁波齐》。宽银幕上,湛蓝色天空,圣湖与雪山,盘旋的公路,衣衫褴褛的朝圣者,迎风招展的经幡,气势恢宏的布达拉宫……高原上的特色景物——呈现,霎时给人的心底投进万道阳光,呼吸也通畅许多。两千多公里的朝圣路,藏民尼玛扎堆率领的队伍用身体丈量,这些外人看来不可思议的行为只是他们日常生活的一部分。尽管朝圣路上充满未知,但他们依然选择一个早晨,安静地出发了。影片结束时,多数观众站在那儿,盯着滚动的字幕不愿离场,我想他们一定是被剧中人物身上散发的信仰的力量所感染。生活中每个人都在朝各自的圣,正如《冈仁波齐》幕后花絮里说的:"这个世界上没有什么生活方式是完全正确的。神山圣湖并不是重点,接受平凡的自我,但不放弃理想和信仰,热爱生活,我们都在路上。"这样的影片,也许在未来的日子里会悄悄给你注入生活的动力。

借助现代高科技,美国漫威系列影片为观众打造了一个又一个神奇而瑰丽的世界。片中正义力量与邪恶力量之间的战争让观众眼花缭乱、叹为观止,灭霸、红骷髅、钢铁侠、雷神索尔、美国队长和黑豹等主角的情感遭际、命运起伏除了能扣人心弦,难道没有引发观者一连串深思么?因为人类拥有无限潜能,幸福与悲剧的转化瞬间便可实现。当神力、异能被邪恶力量控制和利用时,未来的能见度有多大?人类社会的发展又将遇到多少难以逾越的障碍和无法预料的困境?假如濒临绝境,人类如何施展自救?

五

有人说,一个拥有正常视力的人,晴天大约能够看见四公里以内的目标;夜晚仰视天穹,能够看见距地球二百二十万光年的仙女座星系。这是肉眼视力的极致。然而,更远的地方有什么?山那边,海那边,无数钻石般的恒星的背后有多少意料不到的事物?视线的限制不断刺激人类的好奇心。

四百年前,荷兰眼镜制造商汉斯·利伯希用两块透镜组装了世界上第一台望远镜,几十米外的小物件跃入眼帘,让他和他的孩子们兴奋异常。空间距离在两块镜片的作用下有效缩短,喻示人类与物质世界的关系从此产生了颠覆性变化。天文学家伽利略获知这一信息后,制作了一个放大三倍的望远镜。后来,他借助经过改进的望远镜,竟然观察到木星的圆面与月球上的环形山、木星的四颗卫星、太阳黑子、甚至金星的圆缺变化!远方如此神奇,人们的视线因此不断延伸——如今,哈勃望远镜观测到的目标中,最远的是距地球一百三十亿光年的原始星系。一百三十亿光年足够远,问题又来了:那些原始星系之外还有什么?太阳系、银河系的直径可以测算,但宇宙究竟有多大?直到今天,还是无法破解。

几百年里,我们所做的努力是想看得更远,结果却是更多的未知星系在更远处等待被发现。这多像一个循环往复的、让人欢喜又绝望的游戏。

当我们的视线从浩茫空间收回,会发现每个人心中几乎都藏着一个小宇宙,也可称为"理想世界"。在挫折、黑暗、痛苦、彷徨的夹击下,人不由自主地产生对理想世界的向往。所以,佛家有"彼岸"一说,现实生活中遭受的一切苦难皆可通过抵达"彼岸"来化解。这实际上是一种考验信徒心智和耐力的方式。虔诚的信仰让信徒们越过狰狞的现实,清晰地看见散发光芒的圆满归宿。《圣经》中的"伊甸园",托马斯·莫尔笔下的"乌托邦"以及陶渊明虚构的"桃花源"便成为普罗大众引颈眺望的目的地。

  现实中的困顿与挣扎,迷惘和失落,都在美好终点的招引下走向平和。由此看来,终点和起点其实是同一个地方。我们所做的一切,都是为回归原点蓄积能量。

匿

芳：

时间过得真快。算起来,我和你及家人中断联系已经整整五年了。

五年前的今天,我决定不再接听你的电话,手机通讯录中的联系人也几乎全部删除。那一天,我决心让所有人成为陌生人,我决心成为无数人中最不起眼的一个,就像路边的一株野草,风吹日晒雨淋霜打,自生自灭。

那天以后的一段日子,几乎每天夜里手机都会显示你的来电。我看了看那个熟悉的号码,手指停留在接听键上,却没有勇气按下去。你见我不接听,又不停地给我发短信,内容都是:你在哪里？在干什么？为什么不接电话？我想了一下,狠心地把号码换了。

为什么不接电话？不要问为什么。因为直到今天我也不知道为什么。我心里只有一个念头:永远从你的生活中消失,从亲人们的生活中消失。这是惩罚你的过错,还是逃避眼前的生活？我至今没有找到明确的答案。也许很多时候,很多事情是没有答案的。

因为这封信根本不准备寄给你,所以我可以讲讲我现在的情况。

我在南方一家工厂做工,干的还是老本行。具体在南方哪座城市,我不打算告诉你,也没有必要告诉你。除了老本行,我也不会干别的。这家工厂有两百多工人,位于城市郊区,离市中心大概四十多公里,附近没有通地铁,进城只能坐公交车。我住在集体宿舍里,二十平方米的房间内放了五张双层铁床,我睡在门边那个床的上铺,就是最脏最乱的那个铺位。工友们大多来自安徽、河南,只有我是江西的(这正是我需要的)。说到工作你最清楚不过。当年,我们在浙江也是工厂流水线上的一颗小螺钉。十年过去了,我还是老样子。

我的工资除了用来抽烟喝酒吃饭,剩下的几乎都消失在牌桌上。关于这一点你肯定一猜就中——还有谁比你更了解我呢?

想当初为了劝我戒赌,你几乎什么招儿都用过。记得有一次,你甚至跪在我面前,哭诉:"再这样下去,这个家就会毁掉。"那阵子,结婚戒指被我当了,女儿的学费也没有着落,房东隔三岔五催交房租。我把你抱起,放在床上,立下毒誓:"从今往后,我要是再去赌,自己剁手!"你靠在我肩上,抹干眼泪,计划向娘家借点钱,先把房租和女儿的学费缴了。可是,你万万没料到,仅仅过了三天,我还是没能抵挡住牌桌的诱惑。那个晚上我输了两千,其中一千八是向牌友借的。晚上十二点,我回到家里,像霜打的茄子一样软绵绵地瘫在床上。你对我又抓又打,绝望地号啕大哭。最后,我提出要我戒赌除非不在这儿干,离开这个环境也许能风平浪静。你抱着残存的一丝希望,跟着我一路辗转来到重庆。

赌博无处不在。在重庆,工友们玩牌筹码小,每次输赢不超过一百。好几次,我站在人家身边看牌,有时实在忍不住指点一下,人家很不高兴地说:"你行你怎么不来一把?"我只好涨红着脸退到一边,回去后坐在出租房的板凳上唉声叹气,呆呆地看着过往行人。那段日子,下班回家我只能坐在屋里看电视,看着看着呵欠连天。不到一个月,我就瘦了一圈。你见我病恹恹的样子,就勉强同意我跟他们玩,但是订了一条规矩:输钱超过五十就收手不干。你哪知道,赌场上压根儿就没有这种规矩。一旦输了,我脑子里就剩下一个念头——把本扳回来!事情的结果是,扳回本钱的次数少得可怜,搭进去的钞票却越来越多。

万般无奈,你只好逼着我一起回到老家。

告诉你,这五年中我换了三家工厂。

第一家工厂的产品主要出口东南亚,生意很火,但老板经常叫我们加班,有时候为了赶货要干到半夜。我实在受不了,干了半年就辞工了。第二个厂子在山脚下。那座山不高,也就两三百米的样子,放在我们老家就是一个小山包。没事时,工友们会爬上去看看。一天,一对中年男女在山顶的树丛里偷情,被我撞见了。我赶紧低头走开。都是漂泊在外的人,这种事也没什么奇怪的。我们宿舍旁边种了很多甘蔗,密密麻麻。夜里,工友们偶尔会翻过围墙砍几根吃。有一次，两个贵州工友偷甘蔗被附近农民发现了，一路追赶着，最后在围墙跟下抓住他们，用皮带狠狠抽了一顿。小老板知道这事后，直接把他们开了。走时，他们身上的钱还不够买车票。我掏出身上仅剩的一百元，给了他们。当时我想，反正这些钱说不定晚上就消失在牌桌上，不如拿出来帮帮有难的人。工厂负责人是个四十岁上下的福建人，听说是老板的远房亲戚，我们背地里都叫他小老板。这家伙对工人很凶，总是责骂我们这个没干好那个没干好，三天两头叫我们买酒给他喝，谁不买就想方设法扣他的工资，有的人到最后只拿到一半工资，也不敢说半句话。大老板是一个六十多岁的老头，一两个月来工厂一次。每次，大老板的奔驰车刚到厂区门口，小老板就屁颠屁颠地跑过去开车门。从车里下来的还有一个皮肤白净、戴眼镜的姑娘。有人说，姑娘是大老板的女儿，我看着不像。大老板与小老板在各个车间转一圈，叽叽喳喳说了一阵，临走时大概很高兴，在姑娘的屁股上拍了两下。厂子虽然离市区很远，但周边有超市、公园和电影院，生活也算方便。只是没过两年，好像大老板那边出事了，厂子被人家收购了。厂子被收购，工人自然也就解散。

  第三家工厂就是我现在干活的厂子。你可能不信，五年中，我转来转去，就没转出方圆两百公里以外。不过世界这么大，到哪儿都只是混口饭吃。

  你呢？这五年你过得怎么样？

  听说你带着女儿和儿子在城里租了房。女儿今年应该读高三了吧?不知道成绩怎么样?算了……我哪有资格问这个。我想女儿肯定早就不认我了。我也知道,这些年村里人都在戳我的脊梁骨,骂我不是人。

没想到去年夏天在一个夜宵摊上碰见一个村里人。他当时坐在我后边,听见家乡人的口音,我回头看了一下,正好看见端起酒杯的他。他激动地拉住我的手,告诉我,这几年我大哥和小弟到处打听我的下落,两个月前大哥还特意到广州找过我。我想,找我这个不争气的兄弟干什么呢,家里的事情只有靠他们了。"你爸得了肺癌晚期,快不行了。你也不回去看一下?"他掏出手机,问我要电话号码。我苦笑着摇摇头,敬了他一杯啤酒,借口上厕所,溜了。从厕所出来,我含着眼泪,一路狂奔。跑到一家医院的围墙下,我腿一软,躺在地砖上哭了。我怎么不想回去?我爸快要死了,不回去还是人么?是畜生!可是我怎么回去?告诉你们,我还是从前的我,还是那个嗜赌如命一无所有的我?告诉你们,我还是那个最不起眼的窝囊废?我……我没脸回去啊。

芳,还记得我们刚刚认识那会儿吗?那天,几个老乡聚会,我喝了两大杯白酒,是你把我送回去的。我躺在床上,吐了一地。你给我倒水,擦脸,一直等我睡着了才走。第一次见面你就这么关心我,你的善良体贴让我坚定了和你相守一辈子的决心。

我俩在一起后,我们心中只有一个目标:赚钱。那年,你在制鞋厂几乎天天加班;我因为干活认真负责,老板很赏识,一年之内给我加了两次工资。

女儿出生后,我们用全部积蓄在老家盖了一栋三层的房子。当年全村只有书记家盖了三层的楼房。让我自豪的是,房子装修用料是最好的,照得见人影的瓷砖,金色的墙纸,名牌橱柜,抽水马桶……多少人参观我们的房子后啧啧称赞啊。我还记得村长说的一句话:"这样下去,不超过十年晓林你就是咱们村的首富。"

可惜,村长的话没有成为现实。鬼使神差,女儿十岁那年我着了魔似的迷上了打牌。明眼人都知道那是一条真正的不归路,只有我像一个疯子一样越陷越深。也就是从这年开始,每次回乡过年,那些浸染汗水的钞票几乎都进了别人的腰包。从大年初一到元宵节,每天早饭过后一直到晚上十二点,除了吃饭上厕所,剩下的时间我和他们都围坐在小小的牌桌边。偶尔赢了一点钱,我不好意思走人;输了,我又想捞回来。到后来,筹码玩得越来越大,手里捏着的钞票全部换成一张张一百的。元宵节后,我身上差不多只剩下买车票的钱。有几次甚至车票钱也输光了。你骂过,哭过,闹过,说我要是再去赌,你就喝农药死掉算啦。结果,你没死成,我也没戒了赌瘾。我们的生活像一块千疮百孔的破布,包不住你的眼泪和哭声。

渐渐地,你对我绝望了。你由一个活泼开朗的女孩变成一个沉默寡言的女人。有一天,我在你的梳妆台上发现一支口红,我心想,你平时不爱化妆啊,怎么回事?过了几天,我又发现你左手无名指上戴了一个金灿灿的戒指。我心里一惊,问你戒指谁送的。你吞吞吐吐地说,捡的。天底下还有这种好事?鬼才相信!我继续追问你,你始终不开口。我觉得你隐瞒了很多事,一气之下甩了你一巴掌,那是结婚十二年来第一次打你。你脸上马上留下一道红印。你哭了,说这种日子不是人过的,说跟着我这个赌鬼一辈子没指望了。最后,你吞吞吐吐地告诉我,戒指是黑子送的。黑子我知道,犯盗窃罪被判了三年,春天刚从牢里出来,由于人长得高大威猛,做事凶狠,最近专门给几个老板讨债。

万万没想到你居然给老子戴绿帽子!

我暴跳如雷,指着你的鼻梁大骂:"给我滚出去,找你的相好去!"

你摸摸肿得老高的脸说:"你以为我想啊,是你逼得我走投无路。家里的钱都被你输光了,女儿的学费都是黑子帮我付的,你还有脸骂我?你还是个男人么?"

我呆呆地立在你面前,像一条挨揍后龇牙咧嘴、喘着粗气的狗。

从此,我们的生活就像一幕幕魔幻剧。你每天早出晚归,不知道在哪儿干什么,有时候甚至整晚不回来。我还是老样子,欠下的赌债靠每个月预支工资来偿还。

走到这一步,我也没料到。我觉得命运和我开了一个残酷的玩笑。

现在每次和人家打牌,想象千里之外的你独自供养两个孩子,有时也会觉得自己畜生不如。可是牌瘾像毒品一样找上了我,我深陷其中,想拔腿也拔不出了。

五年前的今天,我不辞而别。记得那天,我背着包跳上火车的那一刻,就意识到自己从此和你及家人成为陌路人了。我不知道哪儿来的决心,只感觉很多东西压迫得我喘不过气,不走不行。

你在短信里问我,为什么突然离开。我现在告诉你,大概有两个原因:一是你背着我偷偷跟了别的男人。自从发现你与黑子有了关系,我们的家就破了。我没法忍受自己的女人睡在别人的床上,任何男人都没法忍受。每天上下班,我都觉得周围有几百双眼睛盯着我,他们朝我指指点点,嘲笑我头上那顶绿帽子。二是我认为自己已经没有资格在家里待下去了。那年春节,我爸听说我输了八千多块,气得到床底下找农药喝。大姐回来,对着我又哭又闹,一把鼻涕一把泪地劝我好好过日子。我觉得我不配做丈夫做父亲,也失去了做儿子的资格,我想跑得越远越好。兴许还有别的原因,不过我说不清楚。五年来,我越来越发现很多事情说不清楚。比如说现在,我不清楚为什么坐下来给你写这封不准备寄出去的信。

那次在夜宵摊上,知道家里的一些情况。你在城里租了房,到底没有和黑子在一起,一个人带着两个孩子。女儿上高一,成绩中等。儿子读小学,还是那么顽皮。又听说你和几个男人有关系,生活全靠他们周济。在村里人看来,你好像成了一个水性杨花的女人,现在我才明白,是我逼得你走投无路!我们的生活本来可以是另一个样子的。一切都是我造成的,是我的错!

芳,我知道这辈子你不会原谅我了。但我要告诉你,像我这样的人真的不值得你惦记。一旦做错了就再也回不去了。人海茫茫,就让我做最不起眼的那一个吧。我因此常常想,既然我这条贱命是为赌博而活的,那就让它为赌博而死吧。如今我远离家乡,最终将客死异乡。家乡对我而言已经成为地图上一个冷冰冰的地名。

相反,我要劝你好好活着。

你可以去民政局,去法院,跟他们说我失踪五年了,我们的婚姻已经无效了。然后你再找个可靠的男人,一起好好过日子。

毕竟,我的未来已是一清二楚;你和孩子的未来可以更好,一定会更好。

保重!

一个不值得你惦记的人
2018 年 11 月 20 日

候

一

我越来越觉得,"等候"成了当今社会普遍稀缺的品质。

瞧一瞧我们的生活吧。吃穿住行,好像都围绕"方便"和"效率"高速旋转,譬如速冻食品、一次性衣服、高铁与飞机,甚至移动支付。速冻食品固然可以在极短的时间内填饱肚子,但细细琢磨一下,食材的采购、加工,火候、作料的把控,以及烹饪过程中的耐心等待,都被匆匆忙忙、简单粗暴的食用过程所遮蔽。一次性衣服用完即丢,方便出差人群,但人体与衣服接触后建立起来的微妙情感却消失了。我们常常有这样的时刻:轻轻拉开衣柜,端详悬挂在里面的五颜六色的衣物,自然回忆起某次难忘的购买经历,包括店员当时的语调和神色,如在眼前。高铁与飞机,能在极短时间内将人舒适地运送到目的地,但慢车上欣赏窗外景色的心情哪儿去了?嘈杂的车厢里的混合气体(汗味、香水、香烟、方便面)哪儿去了?背部与臀部的酸痛哪儿去了？我们只盼着早点到达，路途上的经历可以忽略不计。事实上，我们可曾记得某次高铁或飞机的乘坐经历？"两岸猿声啼不住，轻舟已过万重山。"——古人于一叶扁舟中聆听岸上密林中的猿啼，天涯孤旅的凄清环绕在崎岖的人生之路上。今天被速度控制的旅途，却使记忆失去了存在的价值。

按照上面的逻辑推论，你也许会对我的看法嗤之以鼻——难道人类就不能享受科技进步的成果？非也。我的意思是，人除了追求躯体及感官的舒适，还有更重要的一方面——灵魂愉悦或审美需求。而这些，正好与便利、效率和速度构成两极。所以我说我们中的多数已经失去了等候的耐心。

我一直认为，万物自有规律，而且很多规律不可逆转。科技日新月异，人类不可能倒退到原始社会。随着5G时代的来临，一个不可思议的效率社会正在打开大门。因为费时费力，很多手工工艺被批量生产取代，消失在人们视野之外。媒体报道大多用"坚守"一词描述陷于困境的非遗传承人。我生活的地方，一直有手工纺织夏布的技艺。一匹夏布的织成，其过程颇为繁复：从苎麻的培植与收割，到漂白，脱胶，绩纱，织布。每一株绿油油的苎麻都凝聚着农民的汗水，每一道工序都严谨细致。这中间有土质、气候、手艺的高度融合，如绩纱与织布，就需要心灵手巧的女性担纲，任何一环出现纰漏，都出不了上好的夏布成品。如今，我们这儿的夏布企业已经实现机械化生产，成品多半出口海外。织布机成了蒙尘的古董，当初的织娘也垂垂老矣，织布技艺自然渐渐消失。

前些年母亲在乡下,每年都会编一些棕扇。从棕榈树上砍下棕芯,放入水中煮沸,绿色的棕芯转为黄色,搁在屋顶上晾干水分后,色泽由黄转白,此时才可以编织。取一根筷子做小巧的扇柄,洁白的棕芯在怀中跳跃,编好一把外形饱满、皮肤白皙的扇子需要一整天。母亲告诉我,外形收口是关键,以筷子为中轴线,左右对称才好看,真正是慢工出细活。每次摇着棕扇,习习凉风里浮现棕榈树高挑的身影与母亲粗糙的双手,一缕雨水混杂日光的气味随风荡漾。那年在北京学习,我带了几把分送给几位好友。听说是我母亲编织的,他们都赞叹不已。现在母亲移居城市,乡下的棕榈树孤独地伫立在田间,扇子也成了稀缺物件。人在空调房里待着,一个遥控器就够了,要扇子干吗?问题是吹空调和摇扇子的感觉就是不一样,机器产生的冷风与植物暗藏的凉风就是有差别,工业品和手工艺品并不能画等号。一台空调与一把扇子,流水线生产与个体劳动,其内在意蕴有本质区别。

我觉得人们应该重拾等待,在等待里省视初心。如此,才不会在眼花缭乱的物质世界里迷失方向。

二

1973年2月,邓小平一家从江西回到阔别三年多的北京。

3月的一个晚上,邓小平到中南海见毛主席。主客落座后,毛主席问他这些年是怎么过来的,邓小平缓缓回答了两个意味深长的汉字:"等待"。两个汉字的背后隐藏了多少复杂曲折的经历?

1973年10月,加拿大总理特鲁多访华,邓小平心情愉快地陪他游览桂林山水。六年后,特鲁多再次来华访问,他满怀疑惑与好奇地询问邓小平,重返政坛的秘诀是什么。邓小平的回答非常简洁:"忍耐。"简洁的回答中又包含多少惊心动魄的细节?

等待并不是无谓的耗费时间。邓小平在江西新建县拖拉机修配厂做钳工时,徘徊在黝黑的机器之间,思考的却是国家和民族的未来。多少关于时局的观察与判断,在简陋的车间里酝酿?多少深沉的思索与远见,在那条著名的小道上诞生?

忍耐也不是单纯的逆来顺受,它饱含邓小平丰富的人生智慧和飓风大浪中的超强定力。

一个不喜欢等待的人,成功不会垂青于他。一个不愿意忍耐的人,最终会被时代抛弃。

三

两个老流浪汉——爱斯特拉冈和弗拉季米尔,他们的时间看起来富余,循环往复,在一棵树下等待戈多。

塞缪尔·贝克特挥舞手中之笔,让他们陷入一场揪心的却没有结局的等待——神秘的戈多最终没有到来。

剧情蕴含很有意思的悖论:等待的本意是等待的结局还是等待本身?就像一个人的一生,生存的本意是迎接死亡还是生命本身?

四

小区北门边,经常有一个蓬头垢面的老太婆安静地坐着,似乎在守候什么。

老太婆夹着烟卷,陷入沉思。她胸前挂着一个塑封证件,上面写着三个黑色宋体字:列席证。她在等待某次重要会议的通知?还是在等候某个与她疏远多年的亲人?

我几乎从未见哪个人与老太婆搭讪。背着包的、拎着菜的、骑着车的、垂着两只手的,从她身旁经过,她眼皮都未抬一下。她就像一棵长在荒漠里的孤独的树,只和落日与月辉交流眼神。

北门的油漆掉了很多,露出灰白的铁的躯干。

阳光透过铁栏杆,投射在老太婆身上,蓬松的头发仿佛晒干的苎麻,有陈年雨水的气息。她坐在一把摇摇欲坠的烂圈椅里,一块一人高的木板为她挡住了冬日里的风。她的日常就是等待的日常,将心沉入市声底部的等待的日常。

五

这位九十岁的老人有两重身份:父亲的姐姐,我叔外公的老婆。我可以叫她姑姑,也可以叫她外婆。多数时候,我叫她外婆。

外婆住在我们乡敬老院,离城区三十公里。

一年当中,我们只有春节期间驱车前去看望她。

愁容满面的院长告诉我,身体健康的外婆去年秋天与他大闹了一场,只为争取到市医院住几天。她说,既然别人可以住院,她也有住院的权利。国家给的福利,就是没病也要享受几天。她说她要养好身体,等着孙子孙女和外甥们去看她。

在外婆充满难言气味的房间里站了几分钟,再在院子里溜达几分钟,我们与外婆告别。

她布满褐色老年斑的手紧紧抓住我的手,眼眶里滚动混浊的泪水。

我的车驶出大门。从后视镜里,我看见外婆仍然站在草坡上,举着手朝这边张望。像一个沉默的稻草人。

为了这珍贵的十几分钟,她又要等上一年。她身体里的细胞在吵嚷,要她咬牙坚持。等待已经成为她的精神立柱。

六

岳母患脑瘫半年有余。

妻子每周六回娘家照顾她,听她哭,听她笑,听她含混不清的唠叨;给她洗澡、换衣、修剪指甲,为她做饭。

岳父是一个忠实的电视新闻观众。特朗普、安倍、蔡英文,中美贸易摩擦、钓鱼岛、台湾地区领导人选举,他随口道来,条分缕析。养在三楼露台上的韭菜和葱枯黄一片,他毫不关心。在他眼里,物价飞涨和吃喝拉撒好像都可以忽略不计。他说,目前老婆子有屎有尿还说得清,总比瘫在床上什么都不知道要强啊。他的乐观多少给了儿女们一些力量。

岳母巴望两百贴中药还她一个健康,康复锻炼时便像孩子似的偷懒。脾气急躁的妻子有时候胁迫母亲举手投足,扶墙站立。岳母便在其他儿女面前说老四(妻子)不好,会打她。她怕老四。大姐就曾经委婉地批评妻子,说要对妈好点。每次说起此事,妻子感到很委屈。

岳母身体恢复缓慢,话多、嗜睡,偶尔小便失禁。兄弟姐妹六个,实行排班制,每天安排一人照顾老人。时间一长,其中两位有些沉不住气,一会儿建议送养老中心,一会儿又说不如回老家待着。看得出来,他们对岳母的病情缺少足够的心理准备。一个不愿意主动锻炼的脑瘫患者,康复的过程肯定异常漫长。

因此,后面的日子里,等待必定成为一种常态。

每次从娘家回来,妻子都说,熬吧。

儿女大了,有自己的家,陪父母的时间就越来越少。时而糊涂时而清醒的岳母,正在利用生病的机会索取儿女的陪护——那些失去的,需要慢慢偿还。

人届中年,真的要习惯等待。

七

叔叔会编竹篮。从山上砍下毛竹,破出篾条后开始编织。

叔叔坐在堂屋中央,散发露水味道的篾条被他驯服得柔顺无比。一天下来,一个长方形竹篮稳稳当当地搁在板凳上。

叔叔编的竹篮通常是自己用,从不送到集市上卖。他工作的时候,手上动作慢,用他的话说,急什么,心一急肯定出不了好东西。所以他编的竹篮扎实又漂亮,提在手上稳稳当当。

叔叔是一个纯粹的手艺人。

奈保尔笔下有一个专做"没有名字的东西"的木匠波普。"他总是在锤呀,锯呀,刨呀,忙得不亦乐乎",而且"每天早上总要拿着一杯朗姆酒站在大街的人行道上。他从不喝杯里的酒。但只要见有熟人,他就用中指沾沾酒,再舔舔手指,然后朝熟人挥挥手"。

波普是一个快乐的手艺人。

可是,经历一连串家庭变故后,波普开始"为别人做莫利斯式椅子、桌子和衣橱"。

当"我"问他什么时候再做没有名字的东西,他竟然臭骂了我一顿。

当艺术与生存陷于不可调和的境地,谁能明白木匠波普内心的痛苦?

八

　　有了电话,就少了关于声音的浪漫与怀想。

　　有了视频,就少了关于容颜的浪漫与怀想。

　　有了高铁,就少了关于距离的浪漫与怀想。

　　有了网络,就少了关于真实的浪漫与怀想。

　　今天,浪漫和怀想似乎成了陌生的遭人嘲笑的词语。因为缺乏耐心,我们似乎分秒必争;因为缺乏耐心,多数时候我们又非常无聊。时间就这样被我们消耗在虚拟世界里。

　　我们的十指没有翻书,在触屏。

　　我们的十指没有弹奏,在刷屏。

　　这个时代,我们病得不轻。

寄

一

儿子三岁那年夏天,我通过公开招考,从一所乡村中学调到城里某文艺单位工作。

到新单位报到后,第一件事自然是租房。为了方便上班,加上初来乍到,对城市了解不多,我便在单位附近寻找可以落脚的地方。顺着一条名为"云水路"的巷子往南走五百米,是一个名为"姚背上"的城中村。房子高矮不一、密密麻麻,巷子两旁的店铺多半是经营建材的。一路上问了几个人,都说房子早就出租了。走到一家油烟滚滚的餐馆门前,圆脸、个子高大的女店主告诉我,她家有房子,去年刚建成。

"喏,五楼,两室两厅。"她朝身后一栋楼指了指。

这栋外墙青灰色的房子夹在众多旧房子之间,像一朵盛开在乱石丛中的野花。我跟着她,爬到五楼看房。房子面积还可以,只是没有家具,看上去空荡荡的,不过收拾得挺干净。

"五楼……高了。"我说。

"嗐,年轻人爬个五楼算啥。实话跟你说吧,我们这地段这位置人家都打抢。今天已经有三四拨人看房了,你要看中了就赶紧定下来,错过这个村可就没那个店喽。"女人仿佛看透了我的心思。

二姐一家四口住在城南,房子窄小,我不好意思过去挤;二舅虽说有自己的房子,也是一大家子人,更不方便。更重要的是,今天如果不定下来,我只能去宾馆开房。再想想,这地方上班挺方便,就点点头预付了三个月房租。

这么爽快的租客大约很少吧。见女人低头数钱,我在心里说。

女人递给我三把崭新的钥匙,就噔噔噔下楼了。

房子的客厅与餐厅连在一起,中间没有隔断,看上去面积就很大;厨房朝北,正对着餐厅;和厨房并列的是两间卧室。墙壁雪白,地板光洁。那天下午,每个房间我都走了一圈,谋划着怎么放置家具,想象着把儿子接过来后的生活。

在乡下工作、生活了十二年的我,突然摇身一变,成了城里人。站在窗前,俯视楼下过往的行人和车辆,恍恍惚惚,宛若置身梦境。原以为这辈子只能做个乡下教书匠,没料到三十而立的我居然迎来一个重要的人生拐点。那张薄薄的调令,是我进驻城市的通行证,它宣示我的居住地从此与乡村告别。之前,这座距离家乡四十公里的城市只是朦胧中的向往或偶尔逛一逛的目的地;如今,它将正式接纳有些惶恐与不安的我了。我将成为"市民",我们一家人的未来将与这座城市唇齿相依。这绝不只是户口本上盖上了迁移公章,也不只是把家当搬到城里那么简单。

我站在客厅中央,像一个检阅部队的将军一样,环视房间的每一个角落。尽管这儿只是一处暂时住所,却丝毫没有阻碍我隐约升起的主人心态。"我将以此地为据点,构建我全新的生活。"我想。

二

有了落脚之地,首先想到的是把正在乡下幼儿园上学的儿子接过来。为了照顾小孩生活,母亲也跟着进城。

母亲腿脚不利索,为方便接送孩子,我们在附近的"英才幼儿园"报了名。那是一家隐藏在物资局家属院内的私立幼儿园,面积不大,设施简陋,园长是一位圆脸、胖乎乎的中年妇女。大约半年后,老家要盖房子,母亲不得不回去。在朋友的关照下,我又把儿子送进市委大院内的公立幼儿园。细细回想一下,儿子的成长轨迹一直在变化:两岁时放在镇上幼儿园,后来跟着爷爷奶奶在老家待了半年,进城后又换了两家幼儿园。小学六年,班主任和语文老师换了几个。高中阶段,从重点班调到普通班,理科改学文科,高考选择美术专业,大学里念的却是"数字媒体艺术"。不断变换的教育环境对他成长的影响,如今已经渐渐浮现。今年刚刚上大学的他,还在为选择自己真心喜欢的专业而苦恼。

母亲回老家了,偌大的出租屋里就剩下我们爷俩。那段日子究竟怎么过来的,诸如洗衣做饭、哄他睡觉等,没留下多少细节——也许是我的选择性遗忘吧。唯一难忘的场景是,早饭后,我骑着摩托车送他上学,车把上挂着一盒感冒药。在幼儿园大门口,我把药交给老师,叮嘱她按时给小孩服药,接着掉转车头,"突突突"地往单位赶。妻子当时还在乡下一所小学任教,每周进城两次。每次儿子醒来找妈妈,妈妈却赶早班车走了。

和妻子闲聊,谈到父子两人一起生活的经历,妻子总是歉疚地说:"当初你是当爹又当妈,难为你了。"也许正是因为这段奇异的生活,儿子和我更亲近,现在偶尔与妻子争吵,他总站在我这边,妻子不免酸溜溜的。

如今与儿子说起英才幼儿园,他很茫然地摇头。看来三岁之前的生活并未给他留下多少记忆。

三

在"姚背上"居住的一年中,我们也在为买房四处奔走。

每逢周末,我和妻子便在城市的在建楼盘间穿梭。看来看去,终于在长青北路的金色家园相中了一套三居室。那地方交通便利,离单位也不远,更重要的是那儿邻近一所著名的市直小学,将来儿子上学也方便。急性子的妻子当即在售楼部交了两万定金,并签了购房意向书。

没料到事情发生了变化。

妻子的姐姐听说我们定了房子,和我们一起看了房后觉得光线不好;想来想去,又请了一位做房地产的亲戚到场参谋。亲戚眼光犀利,站在楼下街道边,指着房子说:"你们看,房子在二楼,下面紧连着的是店面,西面窗户基本上被店面遮挡了,住在里面感觉就像躲在人家腋下。"他这样一说,我们如梦方醒。可是,定金交了不能退啊,怎么办?

事情凑巧。我们在售楼部交涉时,正好碰见妻子的娘家人桂志红。桂志红是跑运输的,与这个楼盘的开发商是老乡,关系很好。他弄清楚事情的来龙去脉后笑着说:"黎总还有一个楼盘叫清泉花园,在市政府对面,我在那儿用工程款兑了一套房,五楼,一百三十平方米。你们如果想要,我叫他们把定金划到那边去不就行了?"

真是峰回路转。

桂志红是个热心肠,后来我们装修新房时,他特意弄了一车河沙送给我,又在购房款里优惠了两千元。可恨的是,那两千元放在出租屋里竟然不翼而飞。

那天上午,妻子在卫生间洗衣服。晚上,我俩商量购买装修材料,我打开床头柜一瞧,两千元连同那个牛皮纸信封竟然不翼而飞!两千元在当年可不是一个小数目,更让人心疼的是,桂志红的一片心意居然落入他人之手。

我一边后悔不已,一边大感诧异:门锁并无撬动的痕迹,再说白天有人在屋里,光天化日之下,钱是怎么被偷走的?我仔细梳理,想起租下房子那天,房东留了一把钥匙,说以备急用,难道……我无法想象房东会做这种事。

第二天,我把失盗的事告诉房东。她惊异地说:"啊,还有这种事?"后来有一次和弟弟谈起这事,弟弟说:"你以为这儿是乡下啊,你们租房不换锁的吗?"我哑口无言。

钱到底是怎么丢失的,成了一个谜。

半年后,新房子装修好了,我们结束了一年多的寄居生活,搬到清泉花园的新家安顿下来。

现在偶尔从出租屋前路过,抬头望望青灰色外墙和五楼的玻璃窗,总会猜想,新的租客有没有和我一样尴尬而气愤的遭遇呢?

四

2017年,儿子考上了城南的一所高中。在清泉花园住了十一年的我们,不得不在他的新学校G中附近租房。其实,清泉花园离G中顶多三公里,儿子完全可以骑自行车上学。但众所周知,高中学生的作息时间非常紧凑,权衡再三,我们还是决定租房。

离G中最近的小区叫"公园南村",居民几乎都是钢铁厂的退休工人。我对门是一对老夫妻,老太太皮肤白净,脸上始终洋溢着笑容,老头寡言少语,每天戴着一顶草帽,推着一辆破旧的自行车出去,估计是去莱地里干活。余下的时间,老头要么在楼下的棋牌室和一帮老人打牌,要么斜躺在沙发上看电视——新闻、连续剧、购物广告,什么节目都看。每次隔着外面的旧铁门,瞥见老头光着膀子紧盯着电视屏幕,不由自主地联想起自己的未来。若干年后的我,是否将和他一样守着一台电视机打发寂寞?

我们的房东是一对中年夫妻,都是工人,女的好像兼职保险推销。不可思议的是,他们刚念初一的儿子,名字和我儿子的竟然一样!

签协议那天,男主人温师傅告诉我,他在城东买了房子,因为儿子在那边的一中上学。"你看,咱们都是为了孩子。"温师傅笑了笑说。

这儿的房子都是二十世纪九十年代建的,外墙剥落,霉斑点点,下水道露天,异味扑鼻,楼道狭窄,室内面积也很小。以前在清泉花园住的是三室两厅,一百三十平方米,这儿两室两厅,估计只有六七十平方米。房子里面看上去还干净,但家具家电都破旧不堪。

儿子在屋里转了一圈,眉头一皱,说:"这房子这么旧啊。"

我说:"人家出租的房子,讲究个啥?凑合着住吧。"

见厨房地板和炊具上积了一层黑乎乎的油垢,妻子整理好东西后,就开始挽起袖子搞卫生。我不以为然地说:"房子是人家的,我们只是暂住,有必要搞得那么干净么?""房子虽然是人家的,可生活是自己的啊。"妻子一本正经地回答。

一个上午下来,厨房里焕然一新,燃气灶擦得亮晃晃,能照出人影。妻子说:"这样,你炒菜时的心情都愉悦许多是不是?"

儿子每天步行上学只需五六分钟,见其他同学弓着背蹬自行车,风里来雨里去,他禁不住大发感慨:"还是租房好啊。"尤其是下午放学与晚自习之间只有一个小时,家离学校远一点的同学晚餐要送去学校。儿子可以不慌不忙地回家吃饭,再优哉游哉地步行上学。妻子听了儿子的感慨就说:"所以要懂得珍惜我们创造的条件啊,放学路上完全可以多背几个英语单词。"儿子瞪着她说:"又来了又来了。"

五

在南村住了一个月左右,儿子房间的空调坏了。时值仲夏,只能暂时搬一台风扇应急。

之前与温师傅约定好了,家用电器非人为因素损坏的,由房东负责维修。我给温师傅打了一个电话,第二天,一位姓廖的师傅背着包找上门了。

廖师傅爬到窗户外,拆开外机检查一番,说风机坏了,要换一个新的。"新的要多少钱?"我问。"三百左右。"见我有些迟疑,廖师傅说,你跟房东商量一下。好在温师傅是个通情达理的人,他二话没说就答应了,让我先垫付修理费,到时再在房租里面扣。

房子老旧,就像人老了一样,问题多。那段时间,每天下班后在小区里转悠时,我总是特别留意电线杆上涉及家电维修、管道疏通的小广告。

果不其然。这年冬天,热水器又坏了。费了几番周折,刚把热水器修好,卫生间的马桶又堵了。

隔三岔五请维修工人上门,感觉生活就像一座四处漏风的房子,永远搞不清未来哪个时刻,风会灌进你的脖颈。

疏通马桶的师傅尖嘴猴腮,一看就是很精明的人。完工后,他收的费用比别人多了几十块。我问他:"人家最多收五六十,你这……""嗐,你知道做这一行多辛苦么?真正是又脏又累。我上门一次就是这个价,南村人都知道,不信你可以随便打听。"后来,我在楼道的墙上看见,凡是管道疏通的广告,上面都是他的电话,其余的广告不是被撕掉就是被涂掉。我才恍然大悟,原来南村近百栋房子全是他的"地盘"。

因为只有两间卧室,书房就成为奢望。好在长方形的餐厅里放了一个简易书柜,我们便把餐桌当作书桌。

一天下来,最惬意的事便是晚饭后铺开一张宣纸,临摹数遍钟繇的《宣示表》。从碑帖上的一笔一画里,几乎能闻到数千年前的墨香。帷帐内的身影,在一豆灯火的剪辑下越发修长了。一年后从这儿搬离时,我竟然发现茶几底下塞了厚厚几卷写满小楷的方格宣纸。儿子晚自习回来后,继续写作业到十二点多,我坐在餐桌边看奈保尔的小说。等他洗漱、上床了,我再合上书本,轻轻走进卧室。租房本来就是为了"陪读",我怎么忍心提前睡觉呢?至今想来还觉得很奇怪,那半年里,我的精力特别旺盛,十二点后入睡,第二天凌晨五点多照样起床。儿子上大学后,晚上十点,书本拿在手里,我就开始打瞌睡。

从温师傅口中得知,他儿子是个有主见的孩子,成绩不错,跆拳道也练得挺棒。的确,餐厅东墙上还贴着他的几张奖状呢。

在南村生活大半年后,我们渐渐适应了这儿的环境。偶尔回清泉花园取点东西,站在宽大的客厅中央竟然有陌生之感。看来,任何地方,只要相处了一段时间就容易产生感情。我曾经开玩笑说,在这儿住三年后可能舍不得搬走。我悄悄喜欢上了这个陈旧、温和的小区,它符合我对日常生活的定义:波澜不惊却滋味绵长。

距离我居住的52栋六七百米,有一座菜市场。这菜市场和别处的不一样,每天都有很多附近的菜农过来摆摊,最有意思的是几个卖野生鱼的。其中一位中年男子卖小鱼小虾,也卖自己种的蔬菜。小鱼大约一寸长,圆滚滚,煞是可爱。蔬菜绿油油,光可鉴人。小鱼收拾好,用菜籽油炸了,放蒜瓣和辣椒炒,再加点酒糟,味道可是一绝。个子较高的老头专卖小鱼,渔网丢在塑料盆里,小鱼在稀疏的水草间蹦跳。老头叼着香烟,打量着过往行人。这座菜场吸引我的还有一处,就是那个理着平头的卖豆腐的中年男人。他每天来得并不早,三轮车上摆着一板白嫩的水豆腐和一袋金黄的油豆腐。因为他的豆腐是手工磨制的,味道特别正。水豆腐切成片,放在油锅里稍微煎一下,撒点姜末和葱段,简直香气冲天。

妻子觉得我每天早上都去买菜简直是浪费时间,我以吃新鲜菜为理由回答她。她哪知晓,那座活色鲜香的菜市场散发的浓浓烟火味的迷人之处?

遗憾的是,我们在南村只住了一年。我的咳嗽、汗渍,我站在昏暗灯光下的沉思默想,我与一行行文字的纠葛……只在南村寄存了一年。

那天晚上,温师傅略带歉意地告诉我,他儿子死活要转学回来。"我们也劝了他几次,但他很坚决。你看看,北村那边应该还有房子……"

话说到这个份上,我们还能怎么办呢?都是为了孩子,再说租房协议也是一年一签,我们只好同意搬家了。虽然那个与儿子同名的倔强的初中生一直没有机会谋面。

六

搬家,说起来容易做起来未必。锅碗瓢盆一大堆,光整理打包就得花不少时间和精力。

那天,妻子低头想了想说,"一年房租五六千,不如搬回去,给儿子买一辆电动车。不是也有一部分学生骑车上学嘛。"

既然这样,当初又何必顶着烈日四处找房子?我想。"你看,已经在这儿租住了一年,儿子好不容易适应了环境,我们还是听听他的意见吧。"我说。

"我认为应该再在附近找找,如果实在找不到房子就只好搬回去了。老爸你当时为什么只签一年合同啊?"儿子埋怨道。

"好。我们再去找找。"我说。

随后,我和妻子在以南村五十二栋为圆心、半径五百米的区域内搜索数天,可惜合适的房子寥寥无几。

"要不——还是算了,告诉儿子我们尽力了,回清泉花园?"夜色渐浓,暑气尚未消退,知了还在拼命地叫。看房回去的路上,我拖着疲惫的双腿说。

"再到学校大门边瞧瞧吧,兴许能找到有用的信息。"路灯投射在妻子身上,将她的影子拉得老长。

果然,学校大门墙上贴了几张广告。我举着手机,逐一拍下来。

回到家里,开始挨个打电话。前几个都说房子已经租出去了,拨打最后一个号码时,我的手心都湿了一片。电话通了,对方说他的房子就在北村1栋,明早可以看房。

"我那房子挺清爽的,前面的租客刚搬走。你们看了就知道。"房主说。

我与妻子相视一笑。

新房东姓胡,本地人。个头高瘦,衣着整齐,语速快而清晰,看得出是一个精明之人。房子看完后,照例是谈房租。

妻子快言快语,胡先生还没说什么,她竹筒倒豆子似的,把一年来租房的经历说了一遍。

"我这房子,前面租客刚刚搬走,一个月六百,另外交五块钱卫生费。"

"六百贵了。我现在租的也是五楼,面积和你家差不多,每月才四百,而且那儿离学校更近。"我说。

"打个折吧,我们也是爽快人,房租可以一次性付一年的给你。"妻子抢着说。

"从这儿步行上学也就十分钟,你们诚心想租,那就五百八。"

"五百怎么样?"

"五百八已经够可以了。房子你们也看了,虽说外面旧了点,里面装修放在当时绝对是最好的。关键住着舒适。昨天还有人问我的房子,菜市场卖猪肉的,他愿意出六百。凡事都有先后,你们先联系的,当然你们优先。"

也许不愿意再到处找房子了,也许潜意识里渐渐喜欢上了这个地方。最后,我们还是乖乖地交了一千元定金。

搬家那天,儿子还在翻来覆去念叨:当初为什么只签一年啊?

第二天,东西整理完毕后,妻子推开南面阳台窗户惊叫一声:"衣服被子怎么晾晒,天哪!"

原来,南面阳台延伸出去三十几公分,用来晾衣服的铁架子却在台面以下,这意味着一个成年人要想晾衣服,上半身几乎要全部探出去才够得着!

"怎么会这样?看走眼了看走眼了。"妻子在客厅里走来走去,说,"不行不行,我要毁约,不租了。"

"不租?合同签了,钱也付了。你以为这是过家家啊。"我说。

"不行!不退也得退。"妻子跟胡先生打电话,噼里啪啦把晾衣服的困难说了一通。

次日上午,胡先生来了。

他一进门就说:"小桂啊,办法是想出来的嘛。"他推开阳台窗户,一边示范一边讲解:"喏,先把衣服挂好,再慢慢把竹竿伸出去,搁在铁架上,然后用绳子固定朝里的一端。"

"可是,冬天怎么晒棉被?那么重,怎么拿得起?"妻子瞪大眼睛问。

"哎呀,放心,没问题,我老婆以前也是这样晒的。她和你个子差不多。"胡先生比画着说。

"好啦,都是本地人。有什么问题再联系我,该维修的我会找人过来维修。"胡先生轻轻把门带上,走了。

我和妻子面面相觑。

七

新租的房子仍然在五楼,站在客厅阳台上可以望见公园围墙边上郁郁葱葱的树木。

生活重新进入循环往复的轨道。让我欣慰的是,每天晚上可以去公园里走两圈。园子不大,散步的人却不少。今年年初,因疫情防控需要,居委会把西门封了,可是仍然看见一两个人从围墙缺口处钻进去——附近居民已经把公园当成自己的后花园了。

和妻子散步,说来说去,说得最多的自然是儿子的学习。

高一上学期,儿子的学习劲头很足,成绩也能跟上。可是到后来,像长跑队伍中体力不支的人那样,他渐渐被甩在后面。眼睁睁看着他的成绩一步步下滑,我们却束手无策,内心备受煎熬。妻子每每痛心检讨自己当初教育的缺位,可是已经过去的事,说了有什么用呢？我们需要想清楚的是以后怎么办,我相信儿子能赶上去,他一定行的。我只能如此安慰妻子。

我给儿子定的目标是上本科。为了能考上本科院校,我们动员他学美术。儿子也明白高考竞争激烈,虽然不是很乐意,还是报了名。

美术联考前,画室里的孩子都要集训几个月。那段日子,儿子一天到晚几乎都泡在画室里,晚饭我弄好了送过去(尽管画室离家不到两公里)。每天傍晚,我拎着饭盒穿过公园一角,再横穿一条街道,把它交给坐在画架前的儿子。返回时,街道上车子特别多,看着那些雪亮的车灯和暮色中急匆匆的行人,想着成天与炭笔和颜料打交道的儿子,不由得默念:小子你可要争口气啊。

新冠疫情暴发后,小区处于封闭状态。好在我们那儿是以前建的小区,楼下路边有一个规模很小的菜场,我赶紧买了一大袋萝卜和白菜囤在家里。妻子买了几袋面粉,学着做馒头。儿子每天用手机上网课,做作业;我负责签字,拍照,上传至老师设置的班级小管家。外面谈"疫"色变,家里倒还秩序井然。

不能正常上班,待在家里除了刷刷微信,我开始和儿子一起学习。那段时间里,我督促他听写英语单词,背诵古诗文与政治历史知识点;为了做好示范,我甚至借助英汉词典,吃力地自学《初中英语语法》并一笔一画地做笔记。

疫情结束后第一次段考,儿子进步神速,成绩升至班级前五名。儿子笑着告诉我,他的好朋友都羡慕他有个督促学习的好爸爸。

想起我逼他一段一段背诵古诗文,一遍一遍听写单词,想起自己每天坐在餐桌边自学英语语法,我的心尖微微一颤。

八

三年时间说长不长,说短也不短。儿子结束高考后,连着睡了几天懒觉——他实在太累了,高考的孩子实在太累了。不管他考得如何,我们心底压着的一块巨石总算掀翻了。大约一个星期后,我们把三枚溜光的钥匙交给房东,收拾东西搬到龙泉湾小区,那里有我们的新家。

曾经寄居的公园南村和北村,离龙泉湾小区不到十公里,那座可爱的菜市场我再也没有涉足,绿树成荫的公园也离我远去。偶尔路过北村,见到熟悉的丁雨超市和沁园路两旁的水果摊子,就像突然遇见一位多年没有联系的朋友。那一刻,我才反应过来——那三年的特殊生活已经深深地嵌入我的记忆中,并成为我生命的一部分。我相信,那特殊的三年同样会成为儿子不可磨灭的记忆。从高二上学期的理科改学文科,到选择美术专业,到夜以继日的刻苦训练,再到疫情防控期间的网上复习……真的可以用"波澜起伏"来形容。

追根究底,寄居是我生存的常态,从乡下到城里,我貌似成了货真价实的"市民",其实根底还在乡下。但如今回到乡下,早已物是人非,我就是一个外人。我成了喧闹城市中一株悬浮的水草,寄居在水泥构筑的森林中。

读

一

我的阅读是从连环画开始的。

念小学时,书包里除了课本和作业本,能够装进一两本连环画算是很奢侈的事。为了购买和收藏连环画,我什么法子都用过。记得为了得到一本名为《火狐》的连环画,我从父亲的口袋里偷了五毛钱,跑到十里外的集镇供销社,悄悄把它买下。父亲发现后,狠狠揍了我一顿——五毛钱能买两包盐。我依稀记得,《火狐》主要讲述战斗机的格斗。靠在学校围墙跟下翻阅那些激烈紧张的战斗画面,战机的轰鸣破空而来,我幼小的心灵中便留下"英雄"最初的印象。还有一本连环画名为《薛刚反唐》。之所以能记住这个名字,是因为这本连环画曾经被村里一个小伙伴偷去,我在他家发现后,当即指出某页画了线,某页做了记号,小伙伴无奈,只好还给我。

连环画积攒多了,我们便交换着看。有时候,我的连环画也出租。一本一天看完,租金是两张废纸。废纸用来干吗?折成正方形的纸板。纸板用来干吗?它是一种最受欢迎的玩具。那时候,几乎每个男生的书包里都有一沓大小不一的纸板。下课铃一响,走廊里、操场边,到处都是猫着腰扇纸板的同学。

连环画的诱惑实在太大了。上课时我把课本竖起来,里面再竖一本连环画。看一眼黑板,再看一页连环画。老师的眼睛好像有透视功能,他不声不响地走到我身边,两根手指一捏,连环画就到了他手中。我只好哭着说:"下次再也不敢看了。"老师说:"不认真听讲,看小人书能看出好成绩吗?这个我暂时保管,期末考试结束后来办公室领。"我只能眼巴巴地看着那本连环画压在老师的讲义下面。好在老师说话算话。学期结束那天,我如约来到教师办公室。老师朝我招招手,从抽屉里取出连环画递给我,说:"可以看,但不能在课堂上看。"

我至今记得,一次老师讲《鸟的天堂》,突然提问:"谁知道天堂的反义词?"教室里先是一片寂静,然后一阵议论,还是没人答出。我低头想了一会,忽然记起哪本连环画里有一句"天堂有路你不走,地狱无门你偏进"。我举起右手,站起来大声回答:"是地狱。""回答正确,请坐下。"老师高兴地朝我点点头。我补了一句:"我是从一本连环画上看到的。"从此,向我借阅连环画的同学越来越多。

大约小学五年级寒假时,我从大姐夫那儿借到两本厚厚的《封神演义》。书的封面为墨绿色,四角卷起,内文竖排,而且都是繁体字。这是我第一次阅读文学书。

因为答应姐夫寒假结束就要还书,二十多天里,我几乎废寝忘食。虽然很多字不认识,我还是连蒙带猜,磕磕绊绊地读完了。书还给姐夫后,我依然沉浸在作者创造的神异世界。开学的那几天,课堂上经常开小差,老师点名没半点反应。从《封神演义》里我接受了朴素的善与恶、忠与奸的启蒙教育,记住了妲己、纣王、西伯侯、姜子牙、申公豹、黄飞虎、闻太师、雷震子、土行孙、元始天尊……一串姓名和他们的神奇幻术。书里面宣扬的因果报应等迷信知识,我是后来才明白的,当时只有十一岁的我,最喜欢的就是那些腾云驾雾的法术和飞砂走石、撼天动地的战斗。这本书带着我在文字构建的奇异宫殿里穿梭,完成了我的文学启蒙。

读初中时,除了作文选,课外阅读很少。印象中,初二那年在班主任龚老师的宿舍里发现几本书。放假时向龚老师借过书,其中一本好像名为《晚霞消失的时候》。后来我指着书架上福楼拜的《包法利夫人》,说想借回去看看。龚老师拒绝了我的请求,说:"你还小,看不懂的。"四十年后,我网购了一册李健吾翻译的《包法利夫人》。读完之后,我才明白当年龚老师那句话的含义。七八年前,有一次几个同学和龚老师一起吃饭。席间,我讲到当年借书的事,龚老师淡淡一笑说:"没印象了。"他不知道,当年的我是多么敬佩一个有藏书的老师。在我眼里,一本书代表一个世界——拥有那么多世界的人不是最幸福的人么?

十五岁,我考取了师范学校。

在师范,因为没有了升学压力,学校图书馆与阅览室成了我流连忘返的地方。阅览室里只有报纸和杂志,我去的不多。每次进图书馆,我在高高的书架间徘徊,挑了这本又舍不得另外一本,弄得管理员总批评我"借两本书磨磨蹭蹭"。发现想看的书,我便悄悄地放在某一排书架的某个角落,再记住位置。没办法,一次只能借两本。二年级时,我是班级通讯员,又加入了校文学社,图书馆为我颁发了"重点读者借阅证"。凭这本证,我可以一次借阅四至五本书。几个喜欢读书的同学对我手上的借阅证垂涎三尺,央求我替他们借书,这极大地满足了我的虚荣心。抱着一堆书走出图书馆的玻璃门时,我觉得自己是最富有的人。

从图书馆借阅的一般是名著,现在只记得读过《牛虻》《红与黑》《巴黎圣母院》《基督山伯爵》。我用平时省吃俭用攒下来的钱买了一些书,多半是港台作家如三毛、席慕蓉等人的作品。特别是三毛的书,容易引起共鸣——主要是她关于流浪经历的书,充满异域风情,让人神往。前段时间在书房里居然翻到一本汪国真的诗集《年轻的潮》,学苑出版社1990年6月第一版,1991年4月第五次印刷,印数十五万册。二十世纪九十年代初,汪国真的诗风靡大江南北,刚入师范的我正好赶上这波诗坛热潮,不自觉地成为"汪粉"之一。他的诗读起来朗朗上口,并且总带有一点生活哲理,契合那个年代的学生心理。印数十五万册也就不奇怪了。

师范三年,读得最多的其实是武侠小说。当年学校大门边开了一家书店,专门出租武侠小说,里面的书我几乎看遍。金庸、古龙、梁羽生,《书剑恩仇录》《碧血剑》《射雕英雄传》《倚天屠龙记》《天龙八部》《楚留香传奇》《多情剑客无情剑》《绝代双骄》《白发魔女传》《七剑下天山》……还有陈青云、诸葛青云、司马翎、肖逸、卧龙生、还珠楼主等人的小说。那段时间,脑子里塞满各种武功秘籍与著名门派,降龙十八掌、鹰爪功、铁布衫、梅花针、唐门毒药、少林、武当、峨眉、华山、恒山、青城,幻想自己仗剑走天涯,单骑闯虎穴,路见不平一声吼。武侠世界也是一个奇幻世界,极大满足了我惩恶扬善的心理期待。

师范毕业后,我做了十二年乡村教师。说来惭愧,十二年里读的书寥寥无几。《红楼梦》《水浒传》《三国演义》《西游记》读了一遍,还有《战地钟声》《简·爱》《傲慢与偏见》《茶花女》和莫泊桑的短篇小说等不多的外国文学作品。记得有一次在新华书店看见博尔赫斯的精装本诗集,因为太贵了,只好放回书架。2018年,我花了一百元在孔夫子旧书网购得上海译文出版社1983年版的《博尔赫斯短篇小说集》(译者王央乐)。我不知道这个土豪式的举动是不是为多年以前未能拥有博尔赫斯所做的补偿,我只知道,那一百元我一点都不心疼。

真正意识到自己阅读范围的狭隘是2005年之后。

那一年,我从乡下中学调入城里一家文艺单位。上班之余,我一直坚持写点散文。写得多了,就往省城一家文学杂志投稿,没想到投了几次稿都泥牛入海。后来,编辑给我打电话,大意是说我的散文还停留在学生作文阶段,没有新的发现,写法也很陈旧。"现在的散文不是你这种写法,你可以找当代一些散文名家的作品读一读。"编辑说。听了编辑的话，我脸红耳热——是啊，俗话说"读万卷书，行万里路"，我读了几本书呢？

从此，我空落落的书架渐渐热闹起来。

二

我读书比较随性，效率也不高。这么多年，印象最深的作家是黄仁宇、李泽厚、卡尔维诺和奈保尔。

黄仁宇的《万历十五年》我看了三四遍。说真的，我从来没有对哪本历史著作如此着迷。我的着迷在于，黄仁宇的独特写法（选择一个特殊的年份作为历史的剖面），以及他紧贴人物的细腻文笔，用"妙笔生花"形容一点也不过分。后来读到史景迁《利玛窦的记忆宫殿》、孔飞力《叫魂》和卜正民《维米尔的帽子》等西方汉学家的类似作品，其写法与《万历十五年》大同小异，视角新颖，回味无穷。

三联出版社的李泽厚思想史论系列(《中国古代思想史论》《中国近代史思想史论》《中国现代思想史论》，深蓝色布纹封面)，视野宏阔、见解独到，读了以后，我对中国数千年来哲学思想的流变有了较为清晰的了解。我觉得，初中和师范所学的历史知识简直是九牛一毛，只能算是一点基本常识。

卡尔维诺最初吸引我的是他的《树上的男爵》。一个十二岁的男孩一辈子生活在树上，最后跳上一个热气球，横渡海峡时不知所终。故事的神奇不用说，富有意味的是人物经历的象征含义。如果说生活在陆地代表庸碌的人生,隐居于山野代表志趣高远、不与世俗同流合污,那么,整日在树上跳跃,从未与大地上生活的人失去联系的柯西莫,他选择的是第三条道路,也是最理想的生存状态。由《树上的男爵》,我相继购置了《分成两半的子爵》《不存在的骑士》和《通向蜘蛛巢的小径》《命运交叉的城堡》等十七本卡尔维诺的作品。这些书我没有全部读完,但我每次走进书房,抬眼看见它们整整齐齐地站在书架里,内心总会升起一种难言的安宁。我知道,它们很有耐心,一直在等待我一页一页翻阅的那一刻。

我第一次知道奈保尔和他的《米格尔街》是在一位朋友(确切地说是老师)给我写的一篇评论文章里。2015年,我网购了南海出版公司出版的精装本《米格尔街》,译者张琪。这是一部非常出色的小人物传记,百无聊赖的鲍嘉、自称是木匠的波普、酗酒的乔治、聪明好学的伊莱亚斯、布道高手曼曼、四分钱卖一首诗的华兹华斯、花炮师摩根……每个人的经历看起来平淡无奇,其实灵魂深处电闪雷鸣。这本书收录了奈保尔十七个短篇小说,我最喜欢《没有名字的东西》《花炮师》和《机械天才》。《没有名字的东西》讲述了木匠波普的故事。波普最初喜欢做"没有名字的东西",喜欢早上站在大街上用手指蘸蘸朗姆酒与熟人打招呼,可是几番折腾后,他变了——他开始为别人做椅子、桌子和衣橱。一个具有浪漫情怀、内心充满诗意的男人,在残酷的现实面前不得不低头。也许这就是生活的真相?读完它,我想起一句话:"没有理想并不可悲,可悲的是眼睁睁让理想成为笑谈。"花炮师摩根被米格尔街的人们视为小丑,因为"他整天都在琢磨一些新招儿,希望博我们一笑"。摩根喜欢做花炮,却没人愿意买他的花炮。摩根是一个失败者。后来,摩根与人偷情被太太发现,强壮的太太抱住可怜的摩根,向街坊邻居展示她的捉奸成果。后来,摩根家的一次失火让大家"第一次领略摩根花炮的魅力"。摩根的去向则成了一个谜。这篇小说中有一个让人欲哭无泪的细节:摩根太太发现摩根的奸情后,拦腰抱着摩根,"他几乎一丝不挂,身子瘦骨嶙峋,就像一个长着一张老头面孔的孩子。他没在看我们,而是看着摩根太太的脸。他在她怀里拼命挣扎,想挣脱出去"。男人的尊严在闻讯而至的街坊们的围观和哄笑下被彻底践踏,令人唏嘘。《机械天才》里的巴库痴迷于摆弄机动车,却经常把新车弄坏,最后请技师修理。为了赚钱,巴库太太鼓动巴库买了一辆卡车,后来又买了出租车,还雇了一名司机,但最终没赚到钱,把车卖了。几番折腾之后,巴库依然一边摆弄他的车,一边读《罗摩衍那》。小说里的巴库太太是个很有意思的人物,她虽然经常和巴库争吵,对丈夫的嗜好却很包容,甚至以自己的丈夫为荣。从这个层面说,巴库比摩根幸运——生活虽然有些糟糕,毕竟还能保持自己的爱好。

　　说来很惭愧,我读过的书并不多。而且有些书明明读过,再翻阅时对里面的内容居然没什么印象。这至少说明我的记忆力不行,阅读效率也大打折扣。我像一只闯入文字世界的猴子,发现那么多又大又好的"玉米棒子",掰了这个掰那个,虽然吃得肚皮滚圆,却消化不良。

我喜欢的外国作家还有海明威、库切、略萨、陀思妥耶夫斯基、马尔克斯、福克纳、加缪,中国作家还有鲁迅、沈从文、汪曾祺、阿城、阿成、苏童。

最近两年,我一度迷上美国作家戴蒙德的著作。我先后读了他的《第三种猩猩——人类的身世与未来》《枪炮、病菌与钢铁——人类社会的命运》。戴蒙德是生理学家,主要研究演化生物学和生物地理学,在这两本奇书里,他用生动诙谐的语言和基于考古学的大量证据,为我们推演人类的身世以及人类社会的命运。我们可以把戴蒙德的观点视为诸多人类社会发展史研究观点之一,但作者的论证能力非同一般,让你不得不相信他的学术观点绝非空中楼阁。这两本书让我大开眼界。

三

走向社会的阅读跟坐在房间里读书不同。

一条广告、一则新闻、一张便条、一句留言,甚至一张讣告,里面都蕴含意想不到的信息和令人慨叹的故事。

二十年前,街头巷尾的电线杆上,贴得最多的是治疗性病的广告;二十年后,大街上最常见的广告是招工信息和商品打折。十几年前,大街上报刊亭随处可见,各种报纸杂志摆在柜面上,就连汗流浃背的民工,都会坐在树底下看报。如今,报刊亭大多已经关门或转行卖零食和香烟,即便有的还开着,里面的书报也少得可怜,

《参考消息》与《故事会》已经失去了读者,只有几种套在塑料纸内的时尚杂志。一个时代有一个时代的阅读方式,纸质阅读人群日益萎缩,已成铁一般的事实。

我们小区对面有一个小区,居民多为老年人。每次进入那个小区,迎面就看见一家颐养院,头发雪白、拄着拐杖或坐在轮椅里的老人随处可见。小区主干道两侧种了两排樟树,一到夏天,浓荫蔽日,适合老人乘凉消暑。冬天到了,树干隔三岔五就会贴上一张毛笔写的讣告,说某某某,某年某月某日因病医治无效而逝世,享年××岁。白纸黑字,醒目惊心。几位老人围在那儿,一边朗读一边议论。每次从这个小区经过,仿佛都接受了一次生与死的教育。

酒

个人饮酒史

从十八岁第一次喝酒到现在,一晃已过二十年。

我非酒仙,亦非酒徒,但二十多年间,白酒、黄酒、啤酒、红酒,农家酿的谷酒,中药泡的水酒,几百元一瓶的名酒,三五元一杯的大众酒,究竟喝了多少,不知道。

第一次喝的是啤酒。师范三年级时,一个周末,和室友刘鹏去床上用品厂玩。临近中午,刘鹏的朋友拎了一件啤酒进屋,扯开塑料绳,抽出一瓶,盖子一撬开,白色泡沫便翻滚着涌出瓶口。没有玻璃杯,就倒在牙缸里。见我端着牙缸有些犹豫,刘鹏说,怕什么,啤酒酒精度不高的,跟喝水差不多。我模仿他们的动作,举起牙缸一口灌下去,差点喷出来,觉得一道热流冲上鼻尖,又痒又麻。这酒味道挺怪,一点都不甜。我抹抹嘴巴说。刘鹏和他朋友乐了。啤酒就是这个味啊,你从来没喝过吧?刘鹏瞥了我一眼,又开了一瓶。我瞧了瞧瓶身的商标,上面印着"洪阳啤酒"四个大字,厂址就在本地。

后来喝过南昌啤酒、雪津啤酒、惠泉啤酒、珠江啤酒、青岛啤酒、燕京啤酒,瓶装的、易拉罐的都有。有一阵流行喝生啤,在夜宵摊上,我与朋友两人甚至喝过一桶。在一些场合,也吹过瓶子(一瓶啤酒直接倒进喉咙里),堪称豪饮,却再也无法找回第一次喝酒时的奇妙感觉。我想,这些年在酒精的反复刺激下,舌头已经麻木得和一块瓦片一样了吧。

我的父亲母亲都不沾酒,家里每年酿一坛水酒,专供客人享用。一些场景至今印在我的脑海里:一位同姓的篾匠,生得白白胖胖,东西做得漂亮,酒量也可以,每餐能喝两大碗。年底来收账的乡亲,前脚刚跨进门,父亲就迎上去一边敬烟,一边低声解释今年手头紧,那笔钱再宽限几天;母亲已经掀开坛盖,舀酒,倒满,将乡亲拉到桌边,说,来来,吃碗酒。我坐在灶边烧火,看着灯影下的客人端起酒碗,酒香四处溢散,喉咙也跟着发干发痒。

那天跟着刘鹏从床上用品厂工人宿舍的铁门出来,我觉得自己终于长大了。

师范毕业前夕,关系铁的同学相约在校门口的小饭店里偷偷喝上两杯。一天晚上,我与同学郭子鑫效仿他们,点两个小菜,开了一瓶锦江酒(本地产四十五度白酒)。那时候不管酒量,一瓶酒两人平分。喝到最后,我们是怎么回校的,一点印象都没有。只依稀记得,那天晚上在洗漱间,我踢倒了好几个塑料桶;回到宿舍,躺在床上不停地擂床板。次日醒来,我坐在宿舍里想,父母要是知道我醉酒,非剥我的皮不可。

师范毕业,我分配在离家两三公里的一所小学任教。

学校一共八个教师,只有我住校。食堂刘师傅的家就在学校旁边,每天给我们做完饭后就跑回去干家里的活儿。刘师傅个儿不高,善饮,据传水酒一次能喝一壶(烧开水用的铝壶);说话中气足,走路时一摇一摆,像一只快活的企鹅。

一天,学校请了本村一位泥瓦匠修补围墙。晚上,刘师傅炒了几个菜,从家里拎了一壶酒过来,我们三个人便围在一起喝上了。时值深秋,菜摆上桌,酒也热好了。宽敞的厨房里顿时弥散一股浓烈的香味。乡下喝酒都用盛饭的大碗,水酒在口腔里打旋,淡淡的甜味裹挟一道绵绵不绝的热力,将我周身的血液烘烤得横冲直撞。昏黄的白炽灯下,一碗喝干,再倒一碗。三人边喝边聊,不知何时,酒壶已经底朝天。泥瓦匠回去了,刘师傅收拾完碗筷也走了。我摇晃着站起来,扶着墙回到宿舍。那时候几个学生和我住一起,我刚进屋,两个男生见状捂住嘴,不敢笑出声。我的眼皮沉重无比,合上去的一刹那,只觉得天旋地转。一股热浪从胃部翻涌而起,我哇的一声,酸味冲天的食物残渣喷射在地。恍惚中,瞧见他们进进出出,从食堂里弄来炉渣盖住那些秽物。

第二天醒来,头颅里好似压着一个巨大的秤砣。一个男生笑嘻嘻地说,老师昨晚下猪仔了?我一下子没反应过来,说,你胡说什么,没有。没有?男生指指脚下的炉渣问,这是什么?我才意识到,他用了一个只有本地人才懂的隐喻。我尴尬地抓了抓后脑,说,昨晚他们把我灌醉了。

二十年后的一次聚会上,昔日的男生已混成小老板。酒过三巡,他重提这段往事。他笑着说,你可能不知道,那次大醉以后,你作为一个老师的距离一下子消失了。还有,那些炉渣是我从厨房里一锹一锹铲过去的。

醉了这次后,我不敢再喝。那些年,乡下教师闲得无聊时喜欢打平伙(相当于现在的 AA 制),酒瓶开了,任他们百般劝说,我搛完菜便躲一边去。

小廖来了以后,事情有些变化。这家伙厨艺高超,尤其是烧泥鳅,味道比我母亲烧的还好。小廖从刘师傅手中夺过锅铲,不一会儿端菜上桌,又摸出一瓶锦江酒,摆上三个碗,说,来来来,尝尝我的手艺。我张开五指盖住碗口,说,我不会喝。哎呀,没有酒等于糟蹋了一道好菜。这样,你只喝一两,剩下的我和校长平分,怎么样?小廖说。校长平时说话就夹带一股酒气,听了自然十分高兴,在一旁附和道,一两酒不就是一口么,还不够我打湿嘴巴,男子汉大丈夫怕什么?

就这样,酒瓶又对我开放了。

2005 年,我离开教育系统,去了一个新单位。

初来乍到,除了工作上谨小慎微,酒桌上我也尽量保持低调。一来本性如此,二者自身酒量有限,人外有人,不敢"打肿脸充胖子"。所以最初几年,我一直宣称自己不会喝,偶尔被人连劝说带逼迫,最多喝两杯啤酒。2009 年,上挂某单位锻炼,领导饭局多,经常带我去。坐在饭桌边的多半都是能喝的,我说自己不会喝,他们哪里肯信?劝酒的人总有一千个理由,最难承受的就是一句"给我个面子"。意思是,你只要喝了这杯,就代表看得起我。还有,大凡酒场都讲究气氛,人家都在觥筹交错,你孤家寡人偏居一隅,便显得格格不入。人家端一杯酒敬你的白水,敬得潦草;你端一杯白水敬人家,好像有点亏欠。一来二去,我终于从众。

会喝酒的人都知道,喝到七八分最好,那时刻周身暖烘烘,最丑陋最粗硬的事物在眼底都变得柔软起来,更可贵的是可以和人坦诚相待。毕竟,人其实都是孤独地活着。醉酒一时痛快,酒醒了后悔不迭。遗憾的是,若干次后悔抵消了若干次醉酒,循环往复,真正是"好了伤疤忘了痛"。

我喝白酒如果醉了,一般是散场回家后才发作,而且发作起来非常难受:睡不着,闭上眼睛便觉得天旋地转,脑袋里好像有几把铁锤一阵乱敲;必须强行吐了才能舒服一点,但那种翻江倒海直至流泻胆汁的呕吐,至今让人心有余悸。更要命的是,第二天醒来,脑子依然迷迷糊糊。那几年,领导每次命我喝都有一个他认为很充足的理由——从未见我醉过。任我百般解释(包括具体描述如何抱着马桶呕吐、人睡),他就是不信。他哪知道,我最讨厌那种桌边醉态毕露,甚至"现场直播"(当场呕吐)的人。因此,我每醉一次,他们便表扬我一次。后来我想想,再这样喝下去,简直是拿生命开玩笑。怎么办?找机会"作弊"。有人悄悄地把酒吐在毛巾上、茶杯里,有人倒在窗帘上,也有人干脆倒桌子底下,这需要眼疾手快。实在不行,有的人借上厕所的机会,手指伸进喉咙抠几下,吐了,再漱漱口,继续干。

一次单位聚餐,饭局将要结束时,领导故技重演,说没见我醉过,要我再喝一杯。我心里清楚,这杯酒下去今天晚上甚至明天一整天都没法过了。众目睽睽之下,作弊是不可能了。

"实在不能再喝了。"我横下一条心说。

"快点,喝掉。"领导低声喝道。

同事们都看着我。空气似乎凝固了。

突然,一股热浪直冲我的脑门。我站起来,杯子往桌上重重一敲,说:"我就不喝!"

鸦雀无声。

后来一位同事悄悄说:"真没想到你也会发脾气,有种!"

一年后,领导到他处高就。与别人说起我时,领导形容我喝酒是"寡妇的裤子不禁扯"。

其实,我那天当众拒绝他还有一个原因。他逼迫一位女下属喝了一调羹白酒,人家是含着泪灌下去的。此前,人家再三央求,说皮肤过敏。没用。

记得一次在桌上,我趁着酒兴问领导,凭什么你轻轻抿一口,我们就要喝一杯?领导扫了我一眼说,如果市委书记叫我喝,我跟你们一样。

黄酒我喝得少,绍兴花雕好像不错。这种酒通常需要温一下再喝,口感更好。它有一种江南人的气质,外表谦和,骨子里藏着绵绵不绝的力道,与我们这儿的水酒(糯米加酒曲发酵而成)类似。因为又甜又香,流入喉咙时似潺潺小溪,不知不觉间便会喝高。整个过程慢慢悠悠,丝丝入扣,仿佛太极拳的一招一式。红酒喝得更少,总觉得味道有些怪,有点酸而已。都说红酒需要慢慢品,才能品出味,看来我还是门外汉一个。我觉得它并不适宜出现在热闹的场合,更应该放在恋人约会的餐桌上,卿卿我我,蜻蜓点水。啤酒属于大众酒,冰镇的那叫一个爽。夜宵摊上,三五个人经常整箱喝。这种酒要倒就倒满,否则干脆喝水。我认识的人中,至少有两位号称"啤酒王子"。据说他们可以一次喝下一箱,并且中途不需要上卫生间。1997年在南昌学习时,我和上饶一位同学在师大南路小巷子里喝啤酒,结果三瓶半把我撂倒了。现在最多能喝四五瓶,没长进。

中国是白酒大国,几乎每个地方都有自己的白酒品牌,我们这儿最常见的是四特酒。五六年前,餐桌上最常见的是五年四特,香味独特,劲道合适,而且不上头。还有一款五星四特,青花瓷瓶子,味道也不错。2014年我在鲁院学习,曾经带了两瓶和几个朋友共享。喝到最后,进京公干顺道探访爱妻的评论家洪治纲先生几乎站不稳了。广州同学迪生兄也喜好杯中物,竟特意托运一箱当地的名为"道上人"的白酒招待大家。每次请客,他都乐呵呵地夹两瓶酒出现在电梯里。平日去鲁院对面的对外经贸大学食堂吃饭,我就在裤兜里揣上一瓶绿瓶子的红星二锅头。这酒真正体现北方风范,一口下去,喉咙几乎能着火。近两年我们这儿很多人喜欢喝洋河"蓝"系列,味道丝滑绵柔,如山间清泉。一次,一位朋友请客,我走进包间,抬眼瞧见桌上居然摆了六瓶梦之蓝,那架势把我吓得不轻。还有一种皖酒,瓶颈细长,球状瓶身,口感不错,两杯下去觉得还可以再满上。

我一般不喝"混酒",可有的人喜欢。喝了白酒喝红酒,最后还要开几瓶啤酒漱漱口,我认为那是酒徒的喝法。白酒跟红酒混着喝尤其让人难受。记得有一次,我与几个文友吃饭,喝完一瓶白酒,东道主嚷嚷着又开了一瓶红酒。饭后我去南昌开会。一路上,两种酒在我胃里肆意搅和。到了目的地,我坐在会议室里像个菩萨,纹丝不动。仿佛一动,整个身子就会散架。晚饭时,大家吃得很香,我只喝了几口汤。那是我生命中最难熬的一个下午。2018年去济南学习,正好碰上鲁院一位同学。报到那天,当地几个金融系统的作家宴请她,她热情地邀我一块去。山东人热情好客,劝酒也挺有水平。因同学是女士,他们对她颇为客气。见我能喝一点,他们就轮番上阵了。喝了白酒倒红酒,一杯复一杯。最后我实在招架不住,只好借机逃之夭夭——头晕目眩地回到宾馆房间,对着垃圾桶吐得昏天黑地。第二天,第三天,同学的朋友还想请我吃饭,我连连摇头作揖。他们哪知道,我衣服角上还能闻到一股浓浓的酒味呢。

桌边百态及饮者之风

喝酒讲究气氛。

气氛融洽,喝酒的兴致就容易起来。兴致一高,酒量也跟着悄悄上涨。平时只喝一杯,这会儿多半杯也没问题,甚至两杯下去也不会大醉,酒后吹吹牛,散散步,回家洗个澡,睡一觉,第二天照旧。气氛不融洽,喝酒如受刑。某次,一诗人请饭,我兴冲冲地夹了几本文学杂志过去,心想正好可以把酒论诗。进了包间才发现,一桌子人纯属七拼八凑——宾馆前老总、私企老板、钢铁厂工人,都与诗歌八竿子打不着。我只好悄悄把杂志压在屁股底下。酒没喝完,我就找个借口先撤了。那餐饭,唯一留下的细节是,宾馆前老总向诗人兜售他的餐饮业创意——开一间炒菜不放半点味精的特色饭店。那阵子,诗人正雄心勃勃地规划她的生意。

善于劝酒和掌控局面的人,往往能把气氛调节得恰到好处。他既能让善饮的喝到位,又能照顾到酒量低的客人。这需要敏捷的思维与不一般的口才,还要靠不俗的酒量做支撑,正所谓"左右逢源,八面玲珑"。据说,我们这儿就有一位特别能劝酒(俗称"搞酒")的人。一次,一位女领导下来视察工作。晚上,大家在一起吃饭,席间,除了面相威严的女领导,大家的杯子都满上了。大家都劝领导与民同乐,被她一口拒绝。气氛一度尴尬。关键时刻,特别能劝酒的那位老兄出马了。只见他微微倾身,在女领导耳边说了一句话。随即,女领导端起一杯酒说,我敬大家。女领导回去后,大家问那人究竟说了什么,那人笑笑,始终没揭开谜底。这样的人,让人不服不行。

我们这儿敬酒的程序为先敬在座所有客人,客人喝多少随意,敬酒的人为了表示诚意,喝一大口或一指(相当于食指第一节的深度);第二步挨个敬客人(逆时针方向),类似画一个圆圈,俗称"打箍",喝多少两人商量着办;最后是自由组合。自由组合环节最能调节气氛,想和哪个人碰杯,总能找到理由。按酒类划分,白酒跟白酒干,红酒与红酒喝;同学遇见同学,不用说,干了;学生和老师在一起,学生先干为敬;同住在一个小区的,喝;七弯八拐沾着点亲戚的,喝;实在找不到理由时,在座戴眼镜的,全干了!

男人好斗。酒量高的喜欢挑逗他人,"感情深一口闷,感情浅舔一舔"是若干年前的说辞,现在一般是端着杯子满怀期待地站在你身边。大家的视线都集中在你身上,你只能两眼一闭,嘴巴一张,脖子一仰。

最难受的是喜欢搞酒的领导在场。我猜测,领导喜欢看着桌边人一个个趴下,剩下他无比清醒地俯视全局。听说,有一次某领导向全体在座人员敬酒,豪气干云地说:"我敬大家,全干了!"见领导都倒了满满一杯,大家自然热血沸腾地杯底朝天。谁料,待大家喝完,领导才慢腾腾地用调羹在杯里舀了一勺,喝了。我干了!领导摇摇手中的调羹说。

多年前,我也遇见过一两个拿下属取乐的领导。那阵子喝啤酒,到最后经常玩"一二三"。每个人眼前倒满一杯,坐好,双手自然下垂。领导自然充当裁判员,端坐一旁念"一、二、三,开始!",先喝完(不能泼洒)者为胜,落后则罚一杯。周而复始。领导乐不可支,仿佛店家的啤酒是取之不竭的泉水,我们的喉咙都成了下水道。更奇葩的是吹瓶子。裁决胜负的手段是计时。十几秒内,一瓶啤酒灌下肚,多数人容易呛着。据传有一位奇才,开瓶,对着嘴里直倒,十二秒内搞定。见证过这一奇迹的人告诉我,常人喝酒需要吞咽,他老人家喉结未动,是直接倒进去的。

以酒为媒展示权力与地位的做法已演变为不成文的规矩,在我看来,这是一种十分变态、扭曲错位的现象,与喝酒的本质背道而驰。

很多人醉后与平日判若两人。拘谨的人,酒后可以洒脱狂放;活泼的人,酒后也许沉默寡言。我大姐夫,力气大,干活时闷声不响,几碗酒下肚后就不一样了。听说有一次喝醉了,竟然与几个酒友躺在马路中央,差点造成交通瘫痪。过往司机下车劝导,他骂骂咧咧,就是不起来,让人哭笑不得。前面说到的刘师傅,据传他兄弟几个去亲戚家喝酒,回来时暮色降临,一行人摇摇晃晃,大路不走,总往布满荆棘的山道钻。结果一晚上在山里转,还不停地咒骂:"他娘的,那条路呢?"有一年春节,我在岳母家与小舅子的几个朋友喝酒。我喝了两小碗四特酒,结果坐在凳子上吐了又吐;他们喝了白酒喝水酒(陈年老酒),其中一位卧在地上打滚,另一位立在路边解开裤子撒尿(大白天)。我以前一个同事,伶牙俐齿,喜欢开玩笑。一次大醉后,却坐在人家屋檐下眼泪一把鼻涕一把哭起来,其伤心程度堪比怨妇。还有一位朋友,醉后驾驶摩托车和人迎面相撞,摔飞了一颗门牙。一位老乡醉后驾车甚至撞死了一个横穿马路的老人,自己也大脑受损,从此性情大变。酒成了逾越个人形象甚至公共道德的催化剂,成了一匹危险的烈马,缰绳收不住,悲剧必然上演。一碗酒决定一个人的命运,看上去轻飘飘,端起来却沉甸甸。

善饮者风格迥异。

有人擅长喝快酒。我在三山小学任教时,与校长和同事分喝一瓶五十六度红星二锅头。没有玻璃杯,酒便直接倒在牙缸里。我俩正准备跟校长碰个杯,他却右手一举,一缸酒没了。我喝完了,你们慢慢喝。说完,校长坐一边吃饭去了。

有人酒风稳健。我的好友贵平,无论喝到何种程度,自始至终稳如泰山。人家敬酒,他来者不拒;他敬别人,温文尔雅,很少强人所难。记得有一次,他从家里拎了几瓶珍藏多年的老酒和我们共享。席间,已经喝了两杯的我不敢再喝了。见我捂着杯口,贵平说,今天周末,难得酒逢知己,我们边喝边聊。那天大家都很高兴。一来二去,我又倒了一杯。奇怪的是,这次居然没醉。后来想想,是当日的氛围助长了我的酒量。我以为,贵平是深得酒中真谛的君子。

有人气势如虹。六十多岁的耀耕老师,腰板挺直,喜欢穿黑色立领外衣,颇具军人风范。每次见他落座,我便心生几分安全感。人家敬酒,他一一笑纳;偶有挑衅,他眉毛一扬,手起杯落,然后伺机反攻,直逼得来犯者知难而退。我以为,耀耕老师堪称"酒场叶问"。

也有人平和如春风。我以前的一位领导,善饮啤酒。无论什么场合,他与我们喝酒从不以领导自居。我们喝多少,他绝对喝多少。他善于观察局势,分析掌握在座每个人的酒量,然后因人"施酒",不搞一刀切。有时候见我差不多了,他就说,小何差不多了,不能再喝。印象最深的,是一天晚上从外地回来,几个人在夜宵摊上喝啤酒。酒一箱一箱开,最终不记得喝了多少,只记得回到家里已是两三点钟,之后一觉睡到天亮。那是我饮酒史上少有的开心的一次。

酒后胡言

喝酒的理由很多:得意时分享快乐,把酒言欢;落魄时消闷解愁,对酒当歌;平常日佐餐小饮,以酒怡情。有时想,先民们酿酒的初衷是什么?人生在世不称意者八九,过分清醒无趣,终日糊涂悲哀。公众场合,酒是社交的媒介;面对个人,酒成为步入亦真亦幻境界的桥梁。一场鸿门宴,成就了一代枭雄刘邦。一杯御酒,巩固了赵匡胤的权柄。升斗小民,则靠一碗酒在现实之外的空间时间内小憩片刻。酒的功能不能说大到无边,但有时候足以缓解和释放一个人面临的各种压力与抑郁。

一个人灯下独酌,酒成了排解烦忧的容器,未免沉重。十几个人吆五喝六,酒容易变成角力的工具,热闹的表象遮掩不了剑拔弩张的紧张。最理想的喝酒方式是三五知心好友寻僻静优雅之地,案上置小菜数碟,佳酿一壶,海阔天空与忆旧感怀交错并进;暗香浮动中想饮且饮,不饮暂歇,全凭兴趣。只是人心浮华的今天,如此情境已日益稀缺。倒是一杯复一杯式的喧闹场面居多。散场之后呢?明月高悬照见的依旧是踽踽独行的落魄身影。

到现在,我依然很怀念和好友小廖喝酒的情景。两个人,两杯堆花(江西特产的三两三口杯),可在闹市中取一方宁静,亦可在僻静处得几分张狂。酒量拿捏得恰到好处,话题便层出不穷,以心交心,心心相印。破除外在枷锁,唯剩滚烫的赤诚。酒喝到这个层面,才算真正发挥了它的本质作用。

有时候想,这世上要是没有酒或者禁止喝酒会怎样?一定了无生机。假如禁止喝酒,人类通往另一个世界的门就被封死,人人都将成为一座孤岛,酿酒工艺及整个产业链的消亡,必将导致大批人失业。比如烟草,有麻痹神经、轻微致幻继而镇痛的效用,美洲印第安人称为"还魂草"。中医传统经典《景岳全书》也有记载,"烟草,味辛气温,性微热";吸烟时烟气"能醉人,用时微吸一二口,若多吸,令人劝醉倒"。现在虽到处有禁烟广告,甚至香烟包装盒上也写着"吸烟有害健康",但彻底禁止吸烟是不可能的。当然,不加限制,放纵消费,社会又将步入另一个极端。昔日商纣王酒池肉林,不理朝政,最终走向灭亡。今天腐败分子私欲膨胀,贪图奢华享乐,难逃法网恢恢。凡事都有界限,超越界限,必定走上事情的反面。

喝酒与品茶,代表两种截然不同的生活方式。酒喝多了,见山不是山,见水不是水,天上日月与路边虫蚁皆可视为挚友,有看破红尘的释然。茶饮多了,见山只是山,见水只是水,世间万物皆显示本来的模样,有剖析红尘的澄明。得意时品茶,可及时降火,为重新出发注入一分理性。失意时喝酒,能迅速升温,为屡败屡战平添一份豪情。

古代读书人有"琴棋书画"四艺,其实酒作为不可或缺的元素早已融入其中。不信你听你看,起伏盘旋的琴声中不是有知己相逢时的推杯换盏么?变幻莫测的棋局间不是散发着酒的浓香么?书画更不用说,字里行间与山水相依处的留白就是一杯美酒,那是现实和虚幻的交织,是无以言说的大美之境。

一篇散文象征一杯清茶,蕴含元气淋漓的现实和作者真挚的情怀。一部小说象征一壶美酒,杂糅现实与虚构,更多的是作者对现实的重新筑造。人不可以活成一篇处处见真的散文,虽然异常清醒却未免乏味。也不可以活成一部异想天开的小说,那是回避现实,遁入虚幻。面对现实的同时,适当行走在虚幻的边缘,才是人生本该有的样子。

影

一

对于一束光来说,如果不能在物体的边缘制造阴影,它的天职与初心便容易让人产生怀疑。毫无疑问,阴影是光线的自然产物,也可视为衡量光线质量的标准;一旦离开阴影,光线的存在意义便模糊下来。所以,"阴影"一词虽然给人压抑甚至痛苦的直觉,却又是光明的伴生物,某种程度上可以充当辨识情绪适应力的试剂。

自然光是宇宙恩赐给生灵的礼物,人类尽情享受这份厚礼时,往往不会追根溯源,也很少对光的源头产生些许感恩。在多数人的知识谱系里,太阳亘古存在,没有初始,也无所谓终点。这样的认识常常使人陷入狂妄。所以,太阳能被称为可以循环使用的能源;按照能量守恒定律,它们取之不尽用之不竭,根本不用考虑"消失"或"消灭"一类问题。这样推论下去,"永恒"一词似乎找到了最合适的注脚。然而,太阳光等同于永恒只是目前人类的一厢情愿。谁敢说我们破译和掌握了宇宙的全部秘密？举个例子，光在小范围的均匀的介质中传播方向为直线，在引力超强的黑洞里呢？

任何司空见惯的事物，都可能颠覆我们的认知。

我经常做这样的梦：无数个形状各异、厚薄不一的影子叠加在一起，将我团团围困，我孱弱的肉体瞬间成为风暴的中心。影子疯狂地旋转，速度越来越快。突然，一轮光弧跃起，把我栖身的洞穴照得雪亮。光线抵达之处，黑硬的岩石将那些阴影切割成无数碎片。每一块碎片的表面，都覆盖着一层阳光的灰烬。我挣扎着，尝试从阳光的灰烬中辨认自己的影子，可是任我怎么努力，迎头痛击我的还是失败。梦醒之后，大汗淋漓的我摸索着打开房间里的灯，却发现另一个我立在床前——他迷惑不解地打量我，躲闪的目光里隐藏着一丝孤傲和不屑。我的脑海里一片迷糊，我不知道，那究竟是我的影子还是我的派生物。在我的意识里，影子具有无可置疑的唯一性；梦中的一幕却粉碎了我的"影子观"。

影子也是自然界留给人类的一道有趣的思考题。想一想，地平线上，一切有高度的事物都有影子。荒野之上或茂密丛林里，那些毛茸茸的影子给第一个直立行走的"人"的感觉是什么？当一道影子紧跟着一个人狂奔，急促的呼吸过后，影子随着放缓的脚步渐渐慢下来，在人的身后展开双臂，仿佛要将天空搂在怀里。或许此时，狂奔的人才会坐下，环顾四周，再低头端详自己的影子，百思而不得其解。

世上没有一件事物是孤立的，总有一个东西与它维持神奇的呼应。黑夜需要白天的衬托,高山离不开流水的滋润,城市与乡村经常在矛盾中深情对峙。影子作为没有色彩和重量的存在,它与实物构成了一种奇异的对称之美。正是有了它,一切有生命和没有生命的事物,才能实现虚与实的浑然一体,才能在宇宙中找到最妥帖最完美的归宿。

西方现代绘画作品中,光与影是两种最主要的元素。那些线条突出、体积分明的物体,总是通过阴影反衬其坚实的存在。中国画不一样。一幅典型的中国画中,线条的虚实和墨色的浓淡奠定了画面的整体格调。是绘画材质的差别导致表现手法的迥异?还是东方人和西方人视觉习惯的不同?在忠实呈现自然万物之形色方面,西方人(尤其是写实派画家)显然更注重事物的客观面貌。中国人在观察事物本身之余,似乎更注重事物之间的微妙联系。墨的浓淡与晕染,或大面积留白,都蕴含了画家诸多形而上的思考。光与影,这对自然的孪生子,在中国画里没有成为主角。画家们经常运用留白和水墨渲染来制造一种玄妙的光影效果。影子的使命巧妙地隐藏在袅袅中国墨香中。

二

桌面上搁着一杯茶。透明的玻璃、悬浮的茶叶和漫溢的香气给了我"一杯茶"的坚固印象。然而注视良久之后,你或许会发问:眼前这杯茶除了是茶叶和水的混合物,还是什么?还象征什么?仅仅是一杯喝下去可以解渴与提神的东方饮料？还是一种安度时光的美妙介质？或者干脆象征一种悠闲冲淡的生活节奏？

究竟何为客观实体？我们看见的可以用语言描述的东西就是客观实体？有没有无法进入描述范围的客观实体？换句话说，客观实体非得靠语言才能呈现吗？如此，为何一杯茶称为"一杯茶"，而不是"一杯酒"呢？鸿蒙之初，如何区分与命名"一杯茶"与"一杯酒"？实物和人类的命名之间究竟构成怎样的关系？

影子多大程度上反映了实物的原貌？它与实物的关系是否类似于印象与表象的关系？一个表面光洁的物体可能给人和谐舒爽的印象，也可能给人留下幼稚、愚蠢，甚至生命力极度柔弱的感觉。去年新房装修时，我在建材市场选择了一种有布纹肌理的瓷砖，贴在阳台墙面上。作为一块瓷砖，它忠实地完成了它的使命——待在最合适的位置，然后给主人营造一种低调却不失沉稳的风格和情调。竣工后，当我走进新房，面对整齐划一的瓷砖时，竟然发现它们从暗灰色的纹理中端出无数跳跃的火苗！冰冷的瓷砖和炽热的火焰居然在墙面上合二为一。刹那间，我发觉瓷砖的影子交叉、纠缠，将我带入一块热气腾腾的现代工业领地。瓷砖之所以为瓷砖，不是因为它的长方形、暗灰色和布面纹理，而是来源于那些臆想中跳动的火焰。

夏天坐在日光灯下比坐在白炽灯下更凉爽，反之，冬天屋子里更需要白炽灯照明，尽管它散发的热量微乎其微。人的感觉在实物的投射中发生神奇的变化，好比影子稍稍偏离实物的位置，在变形中悄悄释放自己的信号。读日本作家谷崎润一郎的《阴翳礼赞》,文中写上茅厕:"沿着廊子走去,蹲伏在暝暗的光线里,借着纸隔扇反射的熹微亮光,或沉浸于冥想,或探望窗外的庭院景色,那情致实在难以言喻。"人们认为不洁与不雅的地方,谷崎润一郎却赋予它如此优美甚至优雅的意境,"暝暗的光线"以及由此产生的暗影,在作家笔下不仅仅是光线,俨然代表东方美学之一种。强烈的光照和洁白的瓷砖是西式茅厕的标配,固然能给人以清洁之感,却只能给人"清洁"的表层印象,无法体验那些"难以言喻的情致"。所以,"美并不存在于物体本身,而是存在于物体与物体所产生的阴翳的图像和层次之中"。将阴翳上升到美学层面并加以礼赞,我想,这不仅仅因为东西方的文化差异,其动机恐怕来源于人类共有的经验——遮挡、错位与光线的稀释,不光是安置肉身的需要,内心的安稳和情趣的萌发才是最终目的。

印象与表象之间的巨大张力给艺术创作留下深广的空间。达利的名作《记忆的永恒》中,三个不同位置的柔软的钟表共同构建了一个荒诞的梦幻世界。象征工业化时代的金属与玻璃制成的钟表脱离其固有形象,仿佛倦怠的生物;时间在暗褐色的背景下活力衰减,逐渐步入静止。整个画面不是现实的反映,而是画家内心深处翻腾的意识流,是感觉在画布上的腾挪、挣扎和蠕动。毕加索《亚维农的少女》中,夸张、变形的人体与错位的五官,完全脱离现实世界中丰满、圆润的人体形象,粗看偏离常规、不可理喻,细细琢磨,却能感受到一种原始的洋溢着野性和活力的生命气息。事物的表象在画家笔下发生了惊人的变化,那是因为在画家眼里,事物不再保留其原来的样子。任何一件成功的作品,都是创作者观察世界的独特方式与内心情感体验的深度融合。塞尚的苹果之所以成为"塞尚"的苹果,因为塞尚在那些苹果中倾注了奔涌不止的激情。

三

有一段时间,特别是晚上,我喜欢去公园散步。

月光透过树叶的缝隙,洒在曲折的林间小道上,蛙声和虫吟里便多了几分静谧与古意。走着走着,就想吟诵"明月松间照,清泉石上流"之类的诗句。我想,古人的诗句之所以让人回味无穷,其根本在于月光在大地上留下的一道道暗影。因为有影子,那种无边无际的静默方能精准传达至人的感觉神经末梢。这样,泉水在高低不一的石头上缓缓流过也是润物无声。只是如今这种画面已无迹可寻,现代人很少在明月和清泉的辉映里沉思冥想,宁愿坐在街头或车厢里刷微信。

刚刚下过一阵雨,路灯的亮光有一些迷离,灌木丛湿淋淋地蹲在行人的脚边,像温驯的兽。树的影子在人身上轻轻晃动,似乎垂怜人的不易,但它永远不会因为自己的高度而狂妄。人咳嗽一两声,影子也随着颤动。在树影间穿行,那些一度磨损甚至击溃理想的现实纷至沓来。那些刺破过梦的针尖,也深深刺进人的叹息里。

喧闹的世间,植物是唯一沉默的智者。彷徨、苦闷和失败在植物的影子里未能产生回声,成功的狂喜与欢悦也不会得到半点反应,一切都消融在空阔辽远的静默中。同时,现实以及由此产生的所有想象,都能在树叶、草茎或花瓣的纹理中找到栖身之地。这个微小的宇宙中,无所谓荣辱,亦无所谓悲欢。

四

在城市密如森林的楼群间行走,影子则扮演了冷酷的杀手。

光线直愣愣地劈过来,水泥地上的影子立刻清晰地描摹出人虚弱的身躯。如今,精致的食物并不能喂养出壮硕的肉体,相反,阳光的直射能够烤焦一具沉重的肉身甚至瘫痪其意志。七八月时,我在楼群间行走,真正体会何谓"无处遁形"。汗水沿着脊背缓缓流下,影子在脚底冒着白烟,向我扬鞭示威。大面积玻璃幕墙反射的光线和街边促销广告的音响混杂在一起,促使我的步伐加快——逃离成了唯一选择。楼群的棱角那么粗糙,切割出来的阴影却是异常清晰的几何形体。这种背景下,我的选择便十分荒谬——无论我走向何方,都将被耀眼而锋利的光线分割。我的选择以及选择带来的梦想,在光与影构成的空间里失去了意义。

这两年,我居住的城市,已经很难见到六层以下的楼房。三十层以上的高楼像雨后的蘑菇,在城市各个角落冒出,每一栋高楼里,住户只能共享脚底那块不大的方形土地,电梯将他们送到一个固定的高度,受用逐渐稀薄的空气。小区道路与绿化带被开发商压缩到最小面积,在楼底,阴影占领绝大多数空地,包括几近干枯的乔木和灰尘满面的灌木与草坪,光线就成了稀缺物质。

钢筋和水泥构筑的丛林里,大面积阴影容易让人的思维迅速进入异常清晰的境地,精密计算与当机立断合为一体,"理性"便涵盖了大部分人性。

乡下的瓦房不一样。

屋顶盖有一层一层鱼鳞似的瓦片,它们都是泥土的转世。阳光越过瓦楞,投射在凹凸不平的地面上,影子的线条因此变得曲折柔软。在巷子里行走,影子仿佛披上了一件毛茸茸的大衣,瓦楞间的青草随风摆动,把人的视线引向辽远的天际。这个时候,人是容易想入非非的。多年未见的某个人,说话的腔调,吸烟的动作,甚至酒后狂呼乱号或掩面而泣的细节,都在脑海中一一浮现。压在心底的愿望,也能在放纵不羁的幻想中兑现。窗格间漏进来的光柱中,有灰尘的颗粒浮游,如浩瀚星河。在若干旧家具的阴影的陪衬下,这幅运转自如的星河图将沉思的人带入邈远之地。

乡村一切事物的影子,总能把现实与梦幻搅拌在一起,让人生发种种慨叹。这些慨叹与设防和算计无关,却代表人性最本质的部分。可惜,如今的乡村已经很难见到暗黑的屋脊和鱼鳞似的瓦片了。

五

文字最迷人之处在于它们排列在一起造成的阴影。那种浓荫蔽日的景象,让人的呼吸变得湿润,思维的触角随之探入神秘莫测的未知世界。

"我把前额贴到冰冷的玻璃上,眺望她居住的那座黑乎乎的房子。我可能在那里站了一个小时,什么都没有看见,只有在我的想象中看见了她那褐色的身影,她那被灯光照亮的弯曲的脖子,她那放在栏杆上的手和她衣裙下面的绲边。"(詹姆斯·乔伊斯《阿拉比》)褐色的身影、弯曲的脖子、衣裙下面的绲边,出现在情窦初开的少年的回忆或想象中,这一切是借助"黑乎乎的房子"实现的。黑暗的世界里,纯洁美好的情愫有了安放之地。看见或看不见没关系,重要的是少年隐秘的惆怅通过文字获得了宣泄。

"她能在黑暗中看见自己的呼吸,感到寒冷正慢慢笼罩住她的头部。寒冷开始降落在她身上,一轮寒冷的太阳缓缓地升起,正把东方照得发白。那是她的想象吗,还是窗外正在下雪?……她想到了南极,雪和冰和探险者的尸体。然后她想到了地狱,想到了永恒。"(克莱尔·吉根《南极》)一次偶然的出轨,让一个拥有幸福家庭的女人直面人生真相。能在黑暗与寒冷中看见自己呼吸的人,才能分辨生活的真相和幻象,在地狱与永恒面前彻悟。

"他在房间里走来走去,会把指关节捏得咔咔响,猛地拽痛手指。他会用一只拳头打击另一只手掌。有时他一个人时想到安东尼帕罗斯,不知不觉他的口就打出了手语。等他明白过来,他就像一个大声自言自语的人忽然发现边上有人一样,感觉自己简直就像做了什么坏事。羞愧和悲伤混杂在一起,他将双手并到身后。但它们仍然不让他安宁。"(卡森·麦卡勒斯《心是孤独的猎手》)两个哑巴男人之间的友情象征人类的本真状态。麦卡勒斯的文字像一把锐利的匕首,直插人的心脏,充沛淋漓的语言描绘了一帧幽深而缤纷的心灵图景。

文字的魔力隐藏在那些叙述产生的湿漉漉的阴影中。这些湿漉漉的阴影滋润了读者的视线,也融化了他们日益迟钝的魂灵。

六

近段时间,我忽然发现自己的视力急剧下降。特别是晚上,翻开书本,那些排列齐整的五号宋体字触电似的颤抖起来,若干重影在我视线里跳跃。脑仁一阵痉挛,我不得不把书合上。那一刹那,我仿佛听见文字打着呵欠,依次滑入昏昏欲睡的状态。一笔一画的、清晰的方块汉字,却给我制造了难以为继的阅读障碍,这多像一则充满反讽意味的寓言。

白天光线好一些。阅读书籍时,我的眼睛不那么吃力。可是读着读着,思维经常像脱缰的马,肆意驰骋。比如这几天,我读《静静的顿河》,读到关于顿河地区的风物描写时,脑海里总跳动笨重的锈迹斑斑的铁器的模样;读到哥萨克们与德国龙骑兵作战的场面,鼻腔里总回旋着一股旷野上独有的肃杀之气。我把这种状态命名为"似是而非"的迷幻状态。肖洛霍夫的文字如平原上一列列隆隆行进的坦克,庄严、崇高,足以碾压所有"为赋新词强说愁"的酸腐文人。这种文字,我每天只读几页,只能读几页。我想在文字的刀锋和阴影里寻找遗失已久的精神钙片。

七

很多时候,我对影子的兴趣远大于事物本身。我极度迷恋掺杂了许多主观因素的影子,因为有无比丰富的联想内化其中,影子的涵义可以无限延伸与扩充。我追逐那些热气腾腾的活泼的影子,冒着陷入黑暗泥潭的危险。

黑暗之地,影子丧失了存在的意义吗?

未必。

水

喝一杯水

我出生在赣西山脚下的村庄,记忆里没有喝开水的经历。渴了,舀一瓢缸里的冰凉井水,咕咚咕咚喝下去,微甜的余味停留在舌下,透骨的清爽便沿着血液散布周身。

那口井离我家三四百米,父亲每天早上起来第一件事就是挑水。两个木桶,一根扁担。到了井边,木桶放到水面,扁担头一摆,木桶随之倾斜,井水顺势灌进去,木桶一下就满了。井口正方形,四壁常常爬满青苔,井水清澈,可见井底石块、瓦片、碎瓷片,还有拖着长须的虾子和浮游在水面的水蜘蛛。有一次,我趴在井口捉虾,身子往前一探,差点掉下去。挑水的邻居伸手把我捞住,往旁边草丛里一拨,我的门牙正好磕到一块土坷垃,弄得满嘴是土,用井水冲了半天,才把嘴里的泥淘洗干净。胆小的我从此不敢再去井边玩耍。

村里人刷牙用井水,洗脸用井水,淘米用井水。每天早上,因为挑水的人络绎不绝,水面下降一大截,到了中午,水面又上升到差不多与地面齐平的位置。一口井,滋润了一村人的日常。

井水喝足了,饱嗝里都散发着水草的青涩之味。

小孩子不怕累,都抱着热水瓶去两里开外的山脚打山泉水。

我们抱着热水瓶溯溪而上,一直走到泉眼边上。水是真正从石头缝里冒出来的,小,却有一股子犟劲,咕噜咕噜,咕噜咕噜。清澈的水中偶尔可见几条石鲶,嘴边的须摆来摆去,我们屏住呼吸,刚想伸手过去,它们身子一扭,早已逃之夭夭。

打完水回去的路上,经常遇见地里劳作的乡亲。犁田、除草、施肥、浇水,他们朝急匆匆行走的我招手:"过来过来,给点水喝。"都是长辈,我虽有些不情愿,还是走到田边,拧开瓶盖,倒了满满一盅水递过去。看着他仰头,喉结上下滑动,微笑,擦汗。没有谢谢,一句"好冰!",足以驱散我心底的暑热。

后来,村里几乎家家户户都挖了井。有的在庭前,有的在屋后。井深数米,井沿用水泥浇筑,上面安装简易活塞,铁把手往下一压,井水便从一旁的喷嘴里流出,这些花钱请人挖的井叫"压水井"。

有了压水井,村庄边的水井就渐渐荒芜,周围杂草丛生,井水也混浊起来。两里开外的山泉再也无人光顾,淙淙泉水直接流入下面的农田。

压水井的水取自地下,甘甜爽口,冬暖夏凉。双抢时节,田里的空气几乎能够点燃,汗水蚯蚓一般在脸上蠕动,这时喝上一盅井水,暑气与疲倦一扫而光。那股清冽从喉咙到胃肠,再到四肢神经末梢,能迅速将一个人带入冰爽惬意的世界。偶尔,看见水盅里有一两条弯曲的红色小虫,有人说那是一种寄生虫,渴得喉咙冒烟时,是不管不顾的。

如今的乡下,家家户户都安装了自来水。水源还是在山上,但是这些塑料管子运送的水,到了家里变得有些可疑。用铝壶装了,烧开,再倒入水瓶内等它自然冷却。多了一道工序,水的野性也就随之消失。凉开水在嘴里打转,怎么也品不出先前的味道。水遇见火,沸腾过后服服帖帖,只适合泡茶。

进了城,为了喝一杯安全的水,也跟着别人后面买饮水机,叫桶装水。喝了一阵,听说城市北郊的寺庙内有泉水,就买了两个水桶,隔三岔五开了车去打水。打水的人多,每每还须排队。打了几年水,听说那儿的水有一两种微量元素超标,没了新鲜劲,正好小区安装了某公司的"天天一泉"(投币取水,两元一桶),便就近取水。

井水、泉水、自来水、桶装水,倒在杯子里都是若干水分子,沸腾之后都成了没有骨头的润滑剂,只有藏在石头缝里时,才有几分勃勃生机,才能触发人的味蕾的最敏感部位。

喝一杯水,不单是解渴,是追寻水源处尚存的农耕时代的影子。

煮一壶茶

绿茶、红茶、黑茶、白茶。

叶子的精魂在沸水里翻腾、舒展,香气在室内浮动,古筝的曲声在高低快慢中一点点润泽人的心灵。有一段时日,我与几位朋友每个月都聚在一间茶室里谈文论艺。一碟葵花籽,一壶茶,一包香烟。首先交换彼此写的东西,点评得失;其次谈到各自的阅读,以及所获;最后聊现实,聊心事,聊创作和阅读计划。茶越喝越薄,人越来越兴奋,时而击节慨叹,时而手舞足蹈。旁边的茶室里有人在恋爱,窃窃私语;也有人在打牌,人声鼎沸。这便构成一幅质感颇佳的众生相,借着喝茶的名义。老板是一位气质不同凡响的中年妇女,一来二去彼此熟了,知道我们几个都是弄文字的书生,恳求我们留下几本杂志,说放在茶室里或许能让它们遇见有缘人。

多数时候,我们喝自带的茶,遂川狗牯脑、庐山云雾、西湖龙井、武夷大红袍、安溪铁观音等。一次,一位文友送我一个普洱茶饼,我把它寄存在茶室。那段日子,普洱茶浓浓的香味一直在十几平方米的茶室里飘荡。

很多事难以坚持。个人的进退,家庭的拖累,事业的彷徨……人的思想也会跟着变化,原先喜爱的东西也会随着心境的起伏消失。不知从何时起,有几位朋友渐渐淡出"品茶谈文圈"。为了生活也罢,没了理想也行,好在文字可以祭奠曾经的指点江山,茶香可以滋润一度荒芜干涩的心灵。

不去茶室,我就在家里泡一杯红茶,慢慢享用。茶叶是弟弟从广东带回来送给我的,名曰"英红九号"。断断续续喝了一年,还未见底。

我喜欢揭开杯盖的一刻,香气萦绕,将我牢牢地缚住。

某天,路遇一友。友人热情地从车中取出一罐牛蒡茶递给我,说是一款保健茶。回家,泡了,色泽明黄;饮之,味道醇厚,麻酥受用。分享给数位朋友,都说好茶。

送茶给我的友人一边经商,一边写诗,为人忠厚。前一段时间听说他生意不顺,正忙着与人打官司,不知现在如何了?喝着牛蒡茶时,我想,忠厚之人时运之神当待其不薄吧。等待他的好消息。

今年春节期间,外甥女问我平时喜欢喝茶么,我答曰,有时喝一喝。

她随即打开车子后备箱,从里面拎出一大盒普洱茶给我。看包装,我知道价格不菲,说,这么贵重的东西给我啊?外甥女笑笑说,反正她不喝茶。是产自西双版纳的普洱茶砖,闻之似有一股经年雨雾缠绕其间。送了两块给一好友,其余的放在家里,留待日后夜深人静时独享。

不知道第一个喝茶的人,茶水入口的感觉怎样?那些享受若干雨雾和阳光滋润的叶子,晒干以后与沸水重逢,一定会让人在芳香四溢中回到满目碧翠、鸟鸣啁啾的现场吧?

一盏茶,是一道连接都市和山野的彩虹,也是一支触发怀乡症的催化剂。

水之深处

水之深处有什么？这是一个具有恒久吸引力的问题。

读小学时，下课铃一响，我们便跑出教室，来到学校后面的江边。江面不阔，顶多三米，江水清澈，足可见底。

我们挽起裤腿，下到水中。江水柔滑，轻轻按摩着脚踝。阳光随着荡漾的水波晃动，偶尔可见几只吐着气泡的螃蟹从石头下面钻出来，或者一两条身体近似透明的小鱼悬停在水中。两岸是长势凶猛的草木，再远处是翠绿的农田。我们溯江而上，去上游喝水——那儿有一处泉眼，泉水甘洌。

回来时，上了岸，摸摸滚圆的肚皮，抬头仰望树上青青的李子，几个人交换一下眼色，立即拾起地上的瓦片往上抛去，被击中的李子噗噗掉落水中。从水里捡起一两个，急匆匆咬一口，酸味从牙床窜出，舌头急急探出。附近村民发现，叫嚷着追过来，我们一溜烟翻过围墙，相继滚落在校园的草坪上。

少年的我，对水有一种难以言说的迷恋。

最喜欢的一件事是钓鱼。用蚯蚓做饵，很容易钓到鲤鱼。蹲在池塘边，盯着平静的水面和漂浮在水面的浮子，想象水底世界——鱼在饵边游来游去，张嘴，试探。浮子抖动了几下，突然，它被扯入水下。我将钓竿一挥，一条鲤鱼在草丛中蹦跳。我把鱼钩取出，鱼拼命挣扎，差点跳入水中，我用塑料桶一扣，听它在里面拍打。

在沟渠里抓鱼是另一种味道。

将水沟两端堵起来,把里面的水舀干,水位慢慢下降,可见鱼的脊背来回窜动,这时有渔网更好,没有渔网只能徒手捉鱼。鲫鱼较多,运气好能抓到滑溜溜的鲇鱼。厚厚的淤泥里,通常藏着许多泥鳅,一不小心,它便从指缝间逃跑了。鱼抓回家,母亲用生姜煮了,味道之鲜,至今口舌生津。

游泳是把自己变成一条鱼。

我的游泳纯属无师自通。首先趴在岸边,双脚"打水";接着捏住鼻子,练习潜水;然后,试探着"狗刨",一米,两米,三米。最后,我能一口气游到池塘对面的灌木下面。

为了游泳,我不记得挨了多少打。

父亲严厉禁止我和弟弟下水游泳,特别是村里一个小孩淹死了以后。可是,大人们不可能时时刻刻守着我们。

在水里,我感觉自己就是一条鱼。我左手捏住鼻子,右手抱住屈起的双腿,潜入水中。下沉时,我听见水声从耳膜边呼呼擦过,吐一口气,一串泡泡升上水面。我想象鱼鳃一张一合,鱼鳍摆动,自由遨游的情景。我还学会了"踩水",那是一种值得炫耀的高难度泳姿。在深水区,我双手举起,双脚不停地交叉蹬踢,保持身体平衡。我不停地"踩水",骄傲地眺望那些只敢在岸边"打水"的同伴。仰泳最舒服,四肢伸展,肚皮朝天,望蓝天白云。累了,放空大脑,只看云;将要沉下去时,双腿一蹬,身体似小船一般劈波而行。

某年暑假,从贵州回来度假的一个男孩在池塘里玩耍时不幸溺亡。

那天时近黄昏,池塘里人多,忽然不知谁喊了一声:"小波哪儿去了?"大家才慌乱起来,四处寻找。有小孩告诉大人,曾见他在水中央沉下去。几个大人潜入水底,许久,才把他捞上来。有人牵来一头水牛,把小波放在牛背上,驱赶水牛走了一圈。小波没半点反应,他们只好把他放下。躺在岸边的小波嘴巴乌青,肚皮圆滚,已经没了气息。小波的爸爸闻讯赶来,在岸上狂奔,大叫小波的名字。有一个场景我记得很清楚,他把自己身上的白背心撕得稀烂,哭声震动了整个村子。后来,小波的爸爸再也没回村里。这座夺取他儿子性命的村庄,成了他一辈子无法正视的地方。

弟弟刚学会潜水那会儿,也差点淹死。那天,弟弟练习潜水,不小心到了水管边缘(池塘底下的暗管)。在漩涡边挣扎的他突然被一双大手迅速提起——村里叫小华的小伙子恰好在旁边擦澡。没有小华的一双大手,弟弟那天肯定被吸进水管里,呛水身亡了。母亲知道后,送了十个鸡蛋给小华,聊谢救命之恩。父亲知道后,把我关在里屋,结结实实地打了我一顿。

但这并未阻止我对水的亲近。我依然偷偷地下水,然后赶在父亲回家之前上岸。我想,哪怕不潜水,光坐在水里,闻着水的腥味,看着天上白云,听着岸边的鸟叫,也比待在陆地舒服百倍啊。

我的乳名里有一个"水"字,是不是寓意我为水而生呢?

每到夏天,江水、河水、池水对小孩的诱惑力实在太大。水底捞石,水边捉虾,水岸玩耍,柔顺的水波冲击小腿,说不出的舒坦沿着四肢扩散,蔓延到每一个神经末梢。每年夏天,几乎都能听到小孩戏水溺亡的消息。学校三令五申,家长百般阻止,尽管水库、水坝、江河、池塘有人巡查,悲剧还是会上演。

现在城里游泳馆都开设了暑期训练班,越来越多的小孩在专业教练的指导下劈波斩浪。泳池里水花四溅,飘荡着快乐的童声。我想,掌握了游泳本领,加上适度的生命教育,孩子们一定能在水中享受清凉惬意的童年。

水之深处,的确令人神往。

暴雨成灾

对于生长在南方地区的我来说,雨是司空见惯的事物。

春夏时节,出去干活或放牛,斗笠和油布是必备品。春雨小,细如丝,乡人称为"牛毛细雨"。这种雨下得密,像一张网,把人罩住。人在田畴间行走,赤脚踩在湿漉漉的泥土里,麻酥酥的感觉传遍全身。夏天多有阵雨,伴雷鸣闪电。那时候听广播里的天气预报,经常听到的一句话就是"午后到傍晚有雷阵雨"。阵雨下得很急,一朵乌云移过来,能清楚地看见白亮的雨脚一排排冲过来。来得急,去得也快,几分钟或十几分钟,雨像听到号令,突然销声匿迹,刚才发生的一幕似在梦中。过一会儿,天边出现一道彩虹,池塘里的蛙声此起彼伏,暑气再次翻卷着把人裹住。

也有的年份雨下得少。记得有一年干旱,家里种了两亩大豆,父亲带我们挑水浇豆苗。烈日灼地,汗水不断地涌出,呼吸时鼻腔里像烧火。一担水只能浇透一小块地。我一边浇地,一边低声咒骂天气,心想此时要是来一场大雨,我少活一年也愿意。

雨下大了,下久了,也让人害怕。

我上初一那年,去学校报到那天,路上遇见一场大雨。家里离学校五六公里,从家里出来,路过两个村,天气突变,大雨倾盆。我披上油布,但举目望去,只看见白茫茫一片。不一会儿,马路成了一条河,泥水夹带着枯枝树叶朝前跑去。我没有雨鞋,赤脚踩在瓦砾和石块上,一阵阵钻心的痛袭击我。我顾不上那么多,只有一个念头——快点到学校。到了乡中学,操场上的水位已经超过小腿肚了。办完报到手续,我换下湿透的衣服,雨才慢慢变小。后来,母亲责怪我,那么大雨,不知道去路边村子躲一下,要是把你冲走了怎么办。我说,我当时就想着去学校。十二岁的少年,哪懂得随机应变?

暴雨持续,就会酿成大灾。

良田被淹、房屋倒塌、城市内涝、阻断交通……暴雨所到之处,一片汪洋泽国。这个时候,水成了吞噬一切的恶魔。

今年夏天,河南郑州突降千年一遇的暴雨,造成三百多人遇难。一个当地的朋友形容此次暴雨,"像从天上一盆一盆往下倒"。

最引人关注的是地铁五号线被困隧道内,造成重大人员伤亡。暴雨面前,现代化的交通工具也保护不了人的生命。困在车厢里的乘客,眼巴巴看着水漫过大腿,漫过肚子,升到颈部,叫天天不应叫地地不灵,只能用手机发出求救信号。那种痛入骨髓的绝望,没有经历过的人是感受不到的。

还有那些困在私家车里的人,那些走着走着被水卷走的人,那些水中触电的人,那些挣扎着沉入泥水里的人……洪水席卷一切,吞噬一切。

人类可以拦水筑坝,水力发电;可以南水北调,平衡用水;也可以滴灌,提高用水效率。可是,在洪水面前,人们只能用开闸泄洪、加固围堤、机器抽水等手段延缓灾难进程或减少灾害损失。

水,貌似柔滑无力,一旦汇聚到足够的力量,便足以摧毁家园,吞噬生命。

没有水,生命无法延续。水成灾,生命遭受威胁。

氢原子与氧原子的奇异组合,为生生不息的地球带来希望与灾难的轮回考验。

树

一

如果要我挑选自然界中最喜欢的一样东西，我一定会选择"树"。

首先，树的高度是迷人的。人仰头观望，可以看见树顶上的鸟巢；在二楼、三楼或四楼的阳台上，推开玻璃窗，可以察看那些簇拥的树叶以及纵横交错的叶脉。站远一点，感觉树就是一个人，一个头发茂盛、内涵丰富的智者。这个高度将天空衬托得更高远，也呈现了大地的宽阔与坚实。我甚至认为，一棵参天大树，就是一座连接梦幻和现实的桥梁。

如果有轮回，来生我真的愿意做一棵树。无论它生在乡村的瓦砾堆里，还是长在城市的水泥地旁。它的根，深扎在泥土间；枝，伸展在空气里；叶，相拥在四季的风霜雨雪里。它的树干与绕着它玩耍的孩子一齐成长，孩子的哭声与笑声渗透在它芬芳四溢的表皮里。

我更愿意做一棵沉默、谦卑的树。身处热闹非凡、变化莫测的世界,沉默才是生存的黄金法则。面对浩瀚如海的知识与信息,谦卑才是明智的选择。你看,山坡上、公园里、街道边、小区里,那些郁郁葱葱的树,它们拼命伸展着枝丫,呼吸着纯净或混浊的空气,微风翻动它的叶片,哗啦啦响过之后,依旧是一片厚如冬夜的沉默。你看,那些树,从来没有为开花结果而炫耀,也从来没有为悬挂着的铭牌而吝啬自己的浓荫。它们一如既往地谦卑,忠贞不渝地做一棵树应该做的事。万物都有其生存法则,树可谓遵循这个法则的典范。

二

树根的触须在泥土深处游走,紧紧抱住同样沉默的大地。从栽下来的一刻起,树的命运就和泥土合二为一了。泥土肥沃也好,贫瘠也罢,树不管不顾,它唯一的信念就是活下去。

冬天,我们经常上山挖树蔸做燃料。要完整地盘出一个树蔸几乎是不可能的,因为四通八达的根须扎在泥土中,你根本无法全部挖出来。雨雪天,把树蔸架在堂屋里,底下塞进一把干松针,点燃了,青烟袅袅。在青烟上面吊一条腌肉,时间一长,腌肉便成了醇香浓厚的腊肉。一家人围坐在烧得通红的树蔸周围,打牌、聊天,或者什么都不做,只伸手烤火,垂头瞌睡,听屋外寒风呼啸。熊熊燃烧的火把人烤得脸颊微红,浑身发热。那时候,才明白一个树蔸驱散寒冷的能量究竟有多大。

树干是一棵树留给世人的巨大的感叹号。这个感叹号,凝聚了一株植物所有的向上生长的力量。这个感叹号,用一圈一圈的年轮向世人证明刀光剑影与血雨腥风都在树的沉默中消失殆尽。在我老家,村子北边的土坡上有一片树林。最大的树是一棵樟树,八九个大人手牵手都不能合抱它的树干。树干中间有个洞,下雨天,可以站在里面避雨。树根像铁爪,牢牢地钉在崎岖的地面上。悬空的树根好拴牛,绳子从泥土与树根的空隙穿过,打个结,牛的活动范围便限定了。夏天的午后,牛们卧在樟树的浓荫下悠闲地反刍。牛粪落在厚厚的樟树叶上,引来许多绿头苍蝇趴在上面。人一走近,苍蝇嗡的一声四散奔逃。这是记忆中的场景。如今,树林不见了,大樟树的叶子都不见一片了。几户人家在那儿建了楼房,白色的水泥柱子和闪着光的外墙砖取代了郁郁葱葱的树林。同样巨大的树干,若干年后在乐安流坑古村附近看见过,在分宜防里村看见过,在水北黄坑村的后山上看见过。那是树立的族谱,是村庄凝固的历史。我的老家没了大树,村史也就一片模糊。

树皮造纸,让一株普通的植物与文字和思想连接在一起。造纸的人一定经历过多次试验才发现树的表皮是不错的原料。灯下读书,翻开一页,仿佛揭起一层芬芳的树皮,仿佛在雨雾笼罩的树林里穿行。书架里一排排的书,成了一座茂密的树林。在洁白的纸上印下一行行文字,却是工业发展史留给读者的注脚。造纸与印刷最初是一门手艺,是机器生产最终解放了人的双手。没有纸,文字就没有栖身的家园(尽管现在也有电子书,但电子产品充其量只能算是文字的仓库,而非家园)。纸的批量生产,让文化广泛传播成为可能。谁能否认人类文明的源头在一棵棵枝繁叶茂的树上呢?

小时候喜欢捡树枝,一根一根,累积起来成为一捆。放在墙根下晾干水分,是上好的燃料。我喜欢折断树枝,侧耳聆听清脆的一声"啪"。折断的树枝塞进灶膛里,火焰盛大。毕毕剥剥的声音与锅底窜出的青烟模糊了母亲的脸,蹲在火边的我便闻见一股菜的香味。砍树的工人来了,他们把粗大的树干架在石板上,脱去上衣,露出两只浑圆的膀子,开始拉锯。锯子白森森的牙齿咻咻地咬着树干,细嫩的木屑从锯齿下跌落,堵住几只蚂蚁的去路。工人们专注于树干,那些切掉的树枝是我们这些旁观者的福利。我们把树枝拖到较远的地方,削去更小的枝丫,扛回去。这一幕常常让我联想狗蹲在桌子底下等待一块骨头的情景。

凝视一棵树的时候,注意力常常集中在树叶上。这些形状各异、层层叠叠的精灵,俯视着大街上往来穿梭的车辆和行色匆匆的人们,使劲把绿色灌进人们的视线里。很多树的叶子其实是树的微缩版:中间粗壮的叶脉是树干,左右对称的细嫩的叶脉是树枝。自然的神奇之处总是隐藏在最普通的地方。树叶有一个浪漫的功能是做书签。深秋,摘一枚通红的枫树叶夹在书本内。过几天,翻开书,看平整的红叶覆盖着一行行文字,阅读的欲望一下子被挑起。做书签的叶子比绝大多数做燃料的叶子幸运,它虽不识字,却与风雅有缘。还有一些树叶可做乐器，卷起来塞进嘴里，可以吹出起伏回旋的音节。公园里有个老头擅长此道，每天下午都见他背着一个绿色的挎包，衔在嘴里的叶子呜呜作响，一首《爱的奉献》便完整地回荡在空中。去年冬天下大雪，我在公园里散步时遇见他，他居然光着膀子从山上下来，吹的还是那首《爱的奉献》。空寂无人的山道上，只有雪花一朵一朵降落。那枚衔在嘴里的树叶，是老人讲故事的道具——生活尽管不易，但活着就是胜利。

三

家门前曾经有一株桃树。

鼎盛时期，桃树上的桃子至少可以摘两百斤。桃子个大，皮薄，汁多，肉甜。我在乡下教书时，几个同事到我家搞过"蟠桃宴"。摘了桃子，用井水洗一下，擦干就咬，那股娇嫩的甜味直抵胃部。"宴会"结束，临走时每人都带上一袋精选的桃子。有甜甜的果子享用，就忘了桃树的模样。依稀记得，它的树干矮，树枝多，叶子密密匝匝，像无数挂在半空的鲫鱼。

盛果期结束了，桃树也不见了。估计被父亲砍了。

一株桃树的使命难道只是提供果实？

四

门前的两株桂花树开花了。

金黄的花朵从厚密的绿叶之间探出,扑鼻而来的香味中暗藏一丝甜蜜。

这两株桂花树已经有三米多高了,是大约十年前栽下的。那一年,儿子还在读小学。早春的一个周末,妻子提议去老家植树。我们从一位亲戚那儿弄了三棵柏树苗、两棵桂花树苗。一棵柏树栽在门前池塘的岸边,另外两棵栽在菜园子里,岸边的那棵被疯长的杂草挤占了空间,不知所终;菜园里的两棵长到一人高时,村里修路,被挖土机连根端掉。两棵桂花树因为栽在门前,反而没怎么上心,每次回去,从它们身边路过,也未曾停下来看上几眼。没料到十年后的今天,它们居然亭亭玉立,花香四溢了。

因为足够高,母亲便在桂花树的枝丫间架了一根竹竿,晾衣服或者晒腊肉。家门前的树就是这样,观赏之余最大的功用就是晒东西。

小巧玲珑的桂花落在地上,被几只母鸡踩住,啄了几下。树影下的母鸡抬头张望,咕咕咕地叫着,走了。乐呵呵的桂花树扛着母亲的衣服,迎着冬日的阳光伸懒腰。

五

屋后不到二十米处有一片林子,楠树林,一共十三棵。大者三四棵,中等八九棵。

楠树的树干笔直,直插云霄。叶子表面像涂了一层油,光光亮亮。看见它们,就像面对一群谦谦君子。

每次回家看望父母,必去林子里走一遭。摸一摸树干,仰头看看厚而密的枝叶,再听听风声或者鸟儿的啁啾,一颗心自然静下来。林子下面,是一片墓地,长眠着排在族谱最前面的先人。前两年,村里规划,将墓地整修一新,青草中间嵌了一块硕大的大理石碑,供村人祭祀之用。原先那块墓碑倒在一边,几乎被泥土覆盖。去年清明时,父亲和我们一起,把原先的墓碑扶正,靠在楠树林边的矮墙下。墓碑的主人名叫"希福",他的生卒年限排在族谱第一页。让他坐在茂盛的楠树林里听风看云,再瞧瞧过往的赤脚斗笠和雨披,也好。

六

我们这一带,樟树是最常见的树种。

我现在居住的这座小城,大街小巷可见樟树。也许因为城里高楼太多,遮挡了阳光,加上水土也不如乡下丰腴,那些樟树看上去少了几许雄浑,添了几分秀气。有两段街道,边上的樟树非常茂盛,嫩叶老叶叠在一起,树冠就像一口倒扣的大铁锅,把休憩的人们罩住。坐在树下,看地上跳跃的阳光,目送涂着巨幅房产广告的公交车远去,再闭上眼睛嗅着樟籽的香味,觉得再苦再累的生活也值得细细享受。

乡下的樟树不一样。有个名为"防里"的千年古村,村庄南面的田畴中矗立着七八棵高大的樟树。远处观望,才体会到什么是真正的"冠盖如云";贴近端详,才明白"气势如虹"的真切内涵。这些树,就是一柄柄插在田间的绿色大伞——在肆意生长的它们面前,我发觉自己的想象力可怜得很,只能用一个蹩脚的比喻。最大的一棵据说是宋朝时植下的,十几个成年人才能把它合抱。一座村庄有没有悠长的历史和丰富的故事,这些古樟就是最有力的物证。千百年来,它们见证了一代又一代村人的生老病死,记录了他们的笑和泪,欣喜与悲伤。有一年,省里一家文学杂志在这儿举办了一次诗歌朗诵活动。来自全省各地的诗人们散坐在树下,喝着村里人自制的茶水,吟诵沉淀已久的诗篇,着实浪漫了一回。后来,杂志开辟了一个栏目"香樟林",专门刊发适合朗诵的诗歌,文学与自然的深度融合始于防里古樟下的一次朗诵,想来既是偶然,又是必然。

有一年,和朋友驱车去乐安的流坑古村。返程时路过一个叫"牛田"的村子,忽见路旁闪出一片林子,连忙停车。确切地说,这是一片樟树林。树高而密,很有遮天蔽日的架势。藤蔓纠缠交错,地上灌木与青草蓬勃生长。穿行其间,如入画境,隐约觉得有妖气徐徐飘来。身上顿觉凉飕飕。树老了会成精,至少那天我是信的。

七

老家那个村子的最南端,曾经有一棵高大的银杏树。我关于银杏树的最初记忆,来自于它的扇形叶子。小时候,在树下捡了叶子,夹在新华字典里。过一段日子,拎起脱水的叶子,数一条一条的叶脉。今天,银杏树早已不见踪影,跳进眼里的都是两层、三层的楼房和四通八达的水泥路。我在那儿寻找儿时的记忆,倒像一个路过的外村人。

宜春洪江镇的南惹村有两株树龄超过一千年的银杏树。一个周末,我们约了朋友驱车一百公里,去探望秋日晴空下的两株树。

村子依山而建,房屋错落有致,两株银杏一左一右分列村口,中间一条蜿蜒而上的青石板路。仰首望去,觉得树上停满了黄色蝴蝶,秋风过处叶片舞动,在湛蓝天空的映衬下,分外明丽。

路旁的立牌上有一段文字,说这两株银杏是隋唐时期栽种的,距今已有一千五百年。树底下,大人们举着手机拍照,小孩撅着屁股数叶子上一条一条的叶脉。左边那棵银杏树下,有人摆了个豆腐摊,牌子上写着:水豆腐两元一碗。游人渴了,想买豆腐,喊老板,便有一个黝黑的汉子慢慢走来,说:"自己舀就是,微信扫码,两块钱。"

也许山里气温低,银杏的叶子还不够黄;也许树的鼎盛期已过,叶子也不够繁盛。不免有点遗憾,夹带几许失落。我们跑了整整一百公里啊。

银杏树安静地站在村口,站了一千五百年。一座村庄的人和事,悲欢与离合,都在它们面前上演。它们旁观并见证了村庄的历史,却始终保持沉默。它们觉得,所有荣辱与浮沉都不值一提,唯有一年一次向世人展示自己身上的金黄铠甲——那些晃眼的扇形叶片,才没有辜负当年那个植树人的良苦用心。

我觉得,立在树下看叶子翕动,听鸟雀叫唤,呼吸着有些寒意的空气,再摩挲粗糙的树干,与它对视几秒,什么都可以放下。

八

你有没有凝视一棵树的经历?当你凝视一棵树的时候,有什么感觉?

每天晚上在小区里散步,我总会为路边的玉兰、罗汉松和桂花树欣喜。秋虫躲在低矮的灌木丛中鸣唱,晚风将桂花略甜的香味撒播在空气里。此时,我会借着路灯的光,看玉兰厚厚的略微卷起的叶子,看罗汉松坚挺的枝丫和桂花树厚密枝叶间的金色花朵。桂花树较多,我经常站在树下发一会儿呆。月亮从一栋高楼的西侧露出半边白脸,南天最亮的一颗星,它的光线直愣愣地穿透无数云层,抵达中国南方一座小城,和小城里伫立于夜色中的我一起守着一株桂花树发呆。散步的人们低声交谈着远去了,桂花树在我的凝视下娇羞地垂下头。它在想什么呢?白天,我们急匆匆地走向地下车库,开车,上班。只有夜晚,才能卸下那些为了生存不得不奔忙的东西,回归内心。夜晚的我与夜色中的桂花树,只需要安静地并肩站立,就能在彼此的呼吸频率中找到某些共同的东西,就像一张白纸面对另一张白纸——洁净,近乎透明。

单位院子里栽了很多樟树,有的浓荫蔽日,有的尚在成长。伏案之余,我漫步到某棵小樟树边,点燃一支香烟,透过袅袅升起的烟雾看深褐色的树干,看绿叶覆盖下的片片红叶,看绿叶边缘的一圈金黄,看圆溜溜的乌黑的樟籽。也许因为樟树还小,鸟儿也很少光顾这儿——它们通常在运动场边几棵大樟树上忙碌,真正是"另觅高枝"。我很享受抽着烟看树的几分钟。秋日阳光罩住树和我,那会儿,我觉得自己的大脑十分迟钝,迟钝到只能感觉薄薄的一层暖意。小樟树的身子有些瘦弱,但模样与气质和大樟树并无二致,自信,宽厚,从容。一个人究竟要经历多少才能获得一点樟树般的从容呢?

野外看树又是一种感觉。

多年前,我在仙女湖凤凰湾的水边见过一棵不知名的小树。我记得当时大家都在岸边的竹楼里乘凉,我沿着沙滩往北走,大约走了十多分钟,目光被湖岸上的一棵树牢牢地吸住。那棵树只比一个成年人高出二三十厘米,周围一两百米内只有草地、沙滩、湖水和遥远的天际线。它就那样孤零零地站在湖边。我走过去,目光掠过它乳白色的树干和椭圆形的叶片,看见湖对岸一片杉树林,还有树上栖息的白色大鸟。这棵树的叶子泛着诱人的光亮,像是涂了一层油脂。它守候在湖边多少年了?来来往往的游人中,有几个发现了它?孤独的它不羡慕对岸的树林么?

我把妻子叫来,给我和树合影。妻子举着手机,让我靠树近一些,我刻意远离它,往镜头前走了几步。于是,照片中的那棵树好像长在我的头顶上。

一棵寂寞的树与一个寂寞的人在一起,甚好。

九

我们的祖先起初生活在树上,为什么后来到了地面上?为了满足直立行走的需要吗?还是采集食物的便利?按理说,待在树上视野更开阔,更方便辨识藏在四周的危险,离星空更近,更容易滋生一份自由与散漫。难道生活在地面上的后果是越来越短视,越来越谨慎和务实?顺着这个逻辑发展下去,人类是否最终会变成只顾自身利益、忽视周围事物的物种呢?但愿这只是我的"杞人忧天"。

不过,我倒是找到了脱离大地、重回树上生活的神奇少年柯西莫(卡尔维诺《树上的男爵》)。

十二岁少年柯西莫因为中午拒绝吃一盘蜗牛招致父亲的暴怒。父亲命令他从饭桌上滚开,他便爬上花园里一棵圣栎树,从此不再下来。

奇怪的是,柯西莫虽然生活在树上,却并非"离群索居"——他始终关注树下的芸芸众生,是"一个不回避人的孤独者"。柯西莫与金发姑娘薇莪拉打交道,与律师骑士埃内阿打交道,甚至与强盗布鲁基结下深厚的友谊。太有意思了!如果说"不食人间烟火"式的隐居是一种生活方式,混在人堆里为了一己私利而钩心斗角是一种生活方式,那么,柯西莫生活在树上却不忘关心众人则属于第三种生活方式——"为了与他人真正在一起,唯一的出路是与他人相疏离"。

生命的最后一刻,柯西莫跳上一只横渡海峡的热气球,不知所终。

这是柯西莫最好的结局。

这是作为一个人的存在的最好结局。

信

一个梦

告诉你,许久无梦的我,昨天晚上做了一个奇异的梦。

我梦见一个与我姓名相同的人,给我写信。那个人坐在书房里,面前铺开一张微黄的宣纸,手握一支小楷毛笔,蘸墨汁时低头想了片刻,然后开始书写。

墙上的挂钟嘀嗒嘀嗒,写信人面前与身后书架上的书发出微微的光。窗外星空辽阔,秋虫在墙根的灌木丛中欢唱。

不知过了多久,我瞧见写信人把毛笔搁在笔架上,轻轻吁了一口气。在信的末尾,他恭恭敬敬地把自己的名字写上。我细细打量着灯下那个写信人,忽然产生一种向前拥抱的冲动。我展开双臂走过去,那人已无踪影。

我梦见一个人用毛笔写了一封信给他自己。在使用手机十九年、早已习惯微信语音聊天或者视频聊天的今天,这种感觉就像——一位五百年前的书生穿越到了汽车穿梭、人流如织的都市街头。

原来,写信人与收信人都是露宿在宇宙的寂寞人呵。

一封信

何兄好,奈何桥头一别已然四十六载。四十六载,城里的房子拆了建,建了拆,自行车几乎绝迹,只看见汽车满大街跑,超市里商品堆积如山,物流公司的货车疾驰在密如蛛网的高速路上。实体店的生意越做越淡,网上购物成了一种生活习惯。手机离开手心半小时便失魂落魄,视线只在快手和抖音上停留。距离越远的人越容易交心,一个屋檐下的人却形同陌路。四十六载,身外的世界变化太快,让人欢喜,更多的却是忧伤。四十六载,一具普通的肉身承担了它应该承担的东西,也承担了很多莫名的东西;骨骼越来越脆,肌肉渐渐失去往日的活力与弹性,皮肤一天天暗淡,就像我面前这张宣纸。

我是一个不太关心外部事物的人,或者说是一名生活的旁观者。我觉得,这个角色很符合我的脾性。四季轮回和春花秋月,一直这样循环,除了天气越来越暖和,冬天变得更模糊。可供享用的东西难以计算,可是满足日常需求的就是简单的几种。我倒是经常反思自己的过往。说得文化一点,是经常沦陷于回忆。

我的生命轨迹非常清晰,而且有些单调。我想大多数人和我一样。

十八岁前,我完成小学、初中、师范一共十二年的学习。十八岁后,我在四所乡村学校辗转,在黑板前站了十二年。从三十岁到今天,我在城市的文艺单位度过十六个寒暑。

我和多数男人一样,抽烟、喝酒、吹牛,见到漂亮女人忍不住多瞧几眼,坐在电影院里呼呼大睡,站在大街上摘下眼镜刷抖音,躺在床上睡不着时偶尔会想想活着究竟为什么……

多数时候,几乎可以用两个词语概括我的生活:读书与写字。

我觉得书中的世界比现实世界更丰富更辽阔。你不可能回到几百甚至上千年前的空间,却可以通过正史和野史进入古代的城市、集镇,在引车卖浆者之间穿行。你不可能世界五大洲每个角落都走一趟,却可以通过地理书籍体验沙漠的酷热和南极北极的苦寒。你不可能抵达银河系边缘或原子电子质子光子介子内部,却可以通过科普书籍认识什么是大和小,什么是宏观和微观。

在书中,我生命的宽度得到了最大限度的扩展。

写字包含两层意思:写作和练字。

我读小学时就偏爱语文,数学经常不及格,考得最差的一次仅得三分。语文考试中我喜欢作文,每次考试我都是先完成作文再按顺序做题。那时候,我的课外读物是小学生作文选和连环画。现在想起来,那些作文不过是某篇同龄人优秀作文的模仿,或者各种幻想的糅合。

初中时,我坚持写日记(写在那种开本很小的软皮本上)。有时候三言两语,有时候长篇大论,多数时间不知所云。但我享受到了自由写作的乐趣。有个细节很清晰,晚自习时,我作为班上的纪律委员,坐在讲台前监督全班同学。几十个同学中,有的窃窃私语,调皮的甚至高声谈笑,我因为个子小,根本不敢批评、制止,只好摊开日记本拼命地写。他们越吵闹,我写得越快。

读师范时,我加入了文学社。那是适合做梦的年纪,有感而发和无病呻吟并存的年纪。我开始写诗,写短小的散文,歌咏黄昏和落叶。迷迷糊糊爱上一个女孩后,开始为她而写。一个眼神、一缕长发、一串笑声,都可以化为一首短诗。那几年,汪国真的诗风靡大江南北的校园,文学社出了一期读汪诗的专刊,贴在教学楼一楼的墙上。所有评论文章都是一片叫好,唯有我的文章指出汪诗的不足甚至浅薄,认为他的诗不是真正的诗歌。接下来的几天,我走到哪儿,哪儿就有同学对我指指点点,当然都是女同学。我隐约听见,其中的几个女生说:"何立文就是他,狂得不得了,敢骂汪老师!"

师范毕业后,我与几位文学青年创办了一份民间刊物。我继续写诗,同时写点散文,包括杂文。刊物办了三年,停了。我只好一个人接着写。记得那种绿色方格稿纸(每页四百字),我写了几大本。想到什么写什么,自由散漫,有点像无目的的逛集市,走到哪儿算哪儿。

十六年前,我抓住一个机会,考入城里一家文艺单位。在这儿,认识了一些写作上的前行者,在他们的指点下,我才渐渐明白什么是真正的写作。

写作到今天,我的感悟概括起来就一句话:越写越觉得自己的低与小,越写越觉得写作之外的事物的深广和幽微。

说到练字,那是五年前的事。

那年,儿子上高中。为了方便他上学,我们在学校旁边租了房。每天晚上,儿子去学校上自习,我和妻子散完步回家,她看书,我练字。

那一年,我痴迷于钟繇的《荐季直表》,几乎每晚都要临摹两遍。儿子的成绩一直处于比较尴尬的位置,我这个做家长的自然焦虑无比。最无助的事是,我束手无策。我想从古人的笔墨中寻找一点安宁,便听从一位书法界朋友的建议,选择了这份尚未脱离隶书笔意的小楷书帖。

大约临了三个月的帖,我果然在《荐季直表》中隐约体味到了一种久违的宁静。那些方块汉字,横竖点提钩撇捺之间,有一种超乎寻常的从容。临摹楷体字帖,最需要的是气定神闲,一笔一画皆需落到实处,心若没静下来则气力无法贯注笔端,写出来的就是硬邦邦的笔画而已。

日复一日的临帖,渐渐稀释了我的焦虑。

最近一两年,我临过《宣示表》《力命表》,临过《灵飞经》《道德经》,也临过王羲之的《黄庭经》和傅山的《金刚般若波罗蜜经》。

《金刚般若波罗蜜经》我临摹了很多遍,很喜欢它的灵秀之气,以及法度谨严中偶尔跳出来的活泼。

现在,我每天手抄一段鲁迅先生的《中国小说史略》。笔尖蘸上浓黑的墨汁,在小巧精致的长方形宣纸上落下一个汉字,便觉得时间为我停下了匆匆步伐,让我的心在一笔一画之间获得无边的平静。这时我所遇见的一切不平和烦恼,都已消失殆尽。

这就是我全部的生活。在这儿,我有意遮蔽了那份可以换取薪酬、借以维持生活的工作。从日复一日的读书与写字中,我获得了什么?某个象征专业地位的头衔?还是社会赋予的虚荣?如果有,那么这些附加在我身上的东西和我这个人本身有何关系?

或者说,我拼尽全力读和写,是听从内心的召唤,还是为了谋取更多面包和头衔?我把这些年写的文字汇编成书,可真正的读者却少之又少。除了领取一张可以加工资的职称证书,我不知道这些文字究竟有何价值。

你也许会惊讶于我的直白。对不起,这恰恰是现实告诉我的。

我有几个朋友,但能够和我分享心事的极少。聚会时,除了开玩笑就是喝酒抽烟,满足于生理上的亢奋。宴席散去,我便觉得全世界只剩下我了。身边和远处发生的大事小事,我也会产生评说的冲动,可是评说过后就懊悔。因为我的看法只是一个蝼蚁的看法,对事情的发展或结局没有丝毫影响。那么,就这样循规蹈矩地活着也没什么不好,是吧?

兄弟,原谅我絮絮叨叨,一封信竟然写了这么长。你要是觉得烦,就一把火烧掉它。我觉得文字的归宿本来就是火焰之上——烧成灰烬,回归大地。

保重!

书信的处境

设想这样一个场景:给你纸和笔,让你给所爱的人写一封信。你最终能否完成这个有些浪漫而迂腐的任务呢?你会写下什么?你也许会问自己,除了在一些表格里签上自己的姓名,多久没有正正经经地握笔写字了? 完不成任务的你,也许会说:"不需要写信,直接告诉他(她)我爱他(她)不就得了? "你的观点好像没错,时代向前,总有一些东西失去存在的价值。如此,搁在桌子上的白纸和钢笔,可以视为出土文物了。

每次路过广场边的邮局,看见墨绿色的邮筒寂寞地立在行道树下,我就会猜想:里面有没有信件呢? 有没有儿女写给父母,妻子写给丈夫,或者恋人写给恋人的炽热的情话呢? 掉了漆的邮筒抿着嘴——怕是无法掩盖腹中空空的尴尬吧?

儿子刚上大学那会儿,我用宣纸写了一封信给他。信中,讲述了我们的日常生活,嘱咐他好好完成学业,并讨论了选择的意义。"选择意味着承担。既然做出了选择,就应该有勇气承担随之而来的后果。"我以一个父亲的身份教训坐在教室里的儿子。

寒假时,儿子告诉我,那封信整整一个月后才到他手中。这好像有点荒唐,却又契合现实。毕竟,现在还有谁会写信呢? 我想,我的潜意识里,是把写这封信作为一种告别仪式的。告别骨子里残存的关于慢和美的幻想,然后拿起手机,跃入高科技的洪流。

如此看来,书信终将成为古董。未来某天,它们都将陈列在博物馆内,接受后辈们的观赏和评点。笔和墨呢?恐怕只能成为书法家的案头物件了。

时代是一块体积巨大的磁石。现在,我与儿子微信视频聊天。我看着他在寝室里走来走去,看着他许久没理的长发,看着他瘦长的脸。他漫不经心地回答我的问话,这些问话包括学习、吃饭、锻炼、交友。这多么像例行公事。

时代就是例行公事。

你

一、感谢

我这一生中,最应该感谢的人当然是你。尽管你的唠叨时常在我耳畔响起,尽管你的关节炎与骨质增生耗费了数不清的西药与中药,尽管你的人生智慧对我未必有用。

你年轻时的样貌我无从知晓,从你鱼尾纹包围的丹凤眼中,从村里人的零碎言语中,我知道你是曾经的美人。对不起,我记得最清楚的是你的脾气,你教训我时的凶狠。

我有时会惊讶于你现在的柔顺,你坐在那儿,平静如一块巨石。时间真是一个怪物——它就这样把一个人的暴烈悄悄抽走,剩下日益弯曲的身体和万事面前的淡然。你现在一句话要重复三遍,炒菜会忘记放盐,喜欢养鸡养鸭,喜欢靠在门框上看鸡鸭啄食,喜欢和邻居玩纸牌。你忘记了很多事情,唯独没忘记我的生日。那天,你打电话给我,祝我生日快乐。我听着有些别扭,这是你头一次郑重其事地给我祝贺。挂了电话,我有些惶惑,也有些愧疚。那天,我四十六岁。我有时候记得你的生日,有时候又会忘记。记起来了,我请大家一起吃饭,给你准备大蛋糕,饭桌上端起杯子向你敬酒,你笑得真开心。忘记了,你也没当回事,你说你的生日是农历十二月底,反正快过年了,意思是过年时食物丰盛,就当过生日了。有时候我纳闷:为什么我总记不住你的生日呢?直到现在我才明白,已为人父的我牢牢记住了儿子的生日,而我的生日从未告诉他。我想,生日大概就是这样从上到下一代代传下去的吧。

我读小学一年级时,有一次老师在数学课本上布置作业,下了课,我们做完作业,把课本全部上交。回到家里,你检查我的书包,发现数学课本不见了。你震怒,二话不说,把我捆在梯子上,拿绳子抽我。我的哭声与解释你根本不听,你说我在撒谎。最后,是摇晃着一双小脚的祖母闻讯赶来,替我解围。

另一次,我在小伙伴家里玩,几个人把他家床底下的大西瓜吃了。我在旁边看。事后,小伙伴的妈妈跑到我家理论,说我和他们一起偷吃她家的西瓜。当时,我正坐在灶前烧火。你夺过拨火棍,噼里啪啦给我一顿抽。我忍住泪水,说我没吃。你哪里肯信,棍子雨点般落在我的屁股与小腿上,直到小伙伴的妈妈愤愤地离去。后来,我再也没踏入小伙伴家半步。后来,我的玩伴越来越少。再后来,我成了一个孤单的旁观者。

还有一次,我和一个伙伴在拖拉机边玩耍。那辆拖拉机停在一个缓坡上。伙伴和我打赌,说我肯定不敢把车头车厢连接处的铁栓拔掉。我一边说怕什么,一边爬上去抓住铁栓转了几下,就拔掉了。车厢随即沿着坡面溜下去,我眼睁睁看着它擦掉一个墙角,才停下。你知道后,又狠狠教训了我一顿,说:"要是坡下有人怎么办?"。

这三个细节留存在我的记忆深处。每次讲起,你就会说我记性好,记得怎么挨打挨骂。你可能误会了。那时候,你们教育子女,通常的做法是有理无理先打一顿。子女一堆,张口吃饭的人多,生活压力自然倾斜在你和父亲身上。干不完的农活已经令你筋疲力尽了,儿女的顽劣自然会燃起你的怒火。

你说当初管教我们太紧了,把我们管得一个个胆小如鼠。

我想,胆小如鼠可能也是一件好事。至少它让我懂得,什么事可以做什么事不可以做;什么人可交往什么人应该远离。

四十多年过去了,我家后面的楠树已然郁郁葱葱,村庄前面的山头被采石场削去半边,池塘多数淤塞,土路变成水泥路。村庄变了,又好像没变。你是真真切切变了。你的头发几乎全白,背驼了,耳朵听不清了,步履蹒跚,雨天还要拄拐杖。

我叮嘱你,就像叮嘱幼年时期的儿子。

我提醒你每晚用艾叶煮水泡脚,提醒你外出小心,提醒你赶集时买点好菜,提醒你少种点地,提醒你天凉了加衣服,提醒你大晴天晒晒被子……

每次回家(父母健在的家才是真正的家),你见我在厨房里忙,总会跟过来看我洗菜切菜炒菜,告诉我等锅烧热了再放油,蔬菜放盐不能太早,液化气不能开得太大……我劝你去堂屋歇着,你一步三回头,念叨着:"回来就让你受累,妈老了,不中用了。"

你的话真让我难受——我是儿子啊。你老了,儿子干活天经地义啊!什么时候,儿子成了客人?

暑假,带儿子回家。

一进门,你就说:"今年西瓜没种好,就只摘了几个小的,不好意思啊。"我赶紧说:"有吃的就好。城里卖西瓜的多,价钱也不贵。"我知道你的意思,往年西瓜种得好,每次回去都可以带几袋分给姐弟几个,今年没有,你很过意不去。你的字典里总是写满给予和分享。

你每年都谋划种点花生,种点绿豆,种点油菜,再养几只鸡鸭。

这样,我们回去时你又可以拿出塑料袋分装,就怕装少了,塞了又塞。

"那你自己呢?"我问。

你说:"我有,我有。"

真的有吗?

二、爱恨

你和我一样,出身农民家庭。

你长这么大,有时却像一个学龄前儿童一般单纯。有一件事令我记忆犹新:一天,你在大街上遇见一个身穿迷彩服的人,铁锹上挂着一只大甲鱼。那人自称是建筑工地上的民工,大甲鱼是在村里池塘里捉到的。这么好的运气让你欣喜若狂,你二话不说,按照他提出的价格,买下大甲鱼。之后的某一天,与妹夫聊起这件事,妹夫一拍大腿说:"唉,你忘了?上次不是跟你讲过,经常有人假扮民工卖甲鱼吗?那甲鱼是吃饲料长大的,哪有那么多野生的?我就碰见过几次。"

"啊?"你张大嘴巴,"算了算了,饲料养的也是甲鱼,只是价钱亏了。"

一家人只能陪着你苦笑。

你出生在一个大家庭,农活熟练。婚前,每到农忙,我们都会去对方家里帮忙。我去你家,基本跟不上节奏,只有挑担等力气活我才能在你面前嘚瑟一下。我至今记得,你戴着草帽蹲在田里插秧的样子,汗水从你红扑扑的脸上滑落,一会儿你就插完了一排。你来我们家,依然保持快节奏。你常说:"你们这样慢悠悠的干活急死人了。"你还跟着我到二姐家里干活。那天下小雨,你披着雨衣插秧。插完秧,你洗脚上岸,快步走在田埂上。一会儿,便只能瞧见你瘦小的背影了。

在家里,你不愿闲着。洗衣、拖地、浇花、擦拭家具……天气晴好时,你甚至把窗帘布拆下来洗。我虽然负责弄饭,但厨房的卫生一直都是你包了。你经常批评我,光洗碗没洗水池子,没擦灶台,没清洗油烟机,没拖地。好吧,这些活儿都省略了,可我不明白,为何每天都要重复这些活儿。"你以为厨房里的活儿就是洗洗碗那么简单吗?"你说。

你的语速很快。像骤雨,劈头盖脸。

你曾经告诉我,一次上公开课,听课老师给你的评价归结为一句话:"你讲课就像放鞭炮。"

语速快的人一般脾气急躁。在一起多年之后,我才真正领略了你的急躁。

第一,你最讨厌我曲解你的意思。有时候,我故意曲解你的话,为的是逗你玩。你却十分认真,气得两眼圆瞪、腮帮子通红,骂人的话就蹦出来了。

第二,你管教儿子时容易失去耐心。儿子是个慢性子,吃饭做事不慌不忙。尤其是小时候,吃一碗饭最少半小时。你总在旁边催,可是越催他越慢。儿子的成绩有起伏,考得好你连连称赞,考得不好你垂头丧气,不停地说:"算了算了,不是读书的料,干脆让他去学一门技术,能养活自己就行了。"

你不但急躁,还缺乏主见,容易随波逐流。

每次去逛街,你试衣服时总是拿不定主意。这件好像可以,那件也不差,到底哪件适合自己,你犹豫不定。有时候我主张你买下的衣服,回到家里你又后悔。你就是这样,听信别人的意见,最后又否定别人的意见。

结婚二十多年了,我俩在一起的日子总体平稳,偶尔也有惊天巨浪。我喜欢你的善良单纯和勤劳,讨厌你的急躁与随波逐流。有几次,吵完之后,我真想和你分开。我忍受不了你的刻薄和暴躁。可是,每次风暴过后,你又恢复如初,好像什么都未曾发生。我想来想去,最终不得不原谅你。我想,人无完人,与其性格模糊,不如个性鲜明。和你在一起,有时像坐过山车,跌落和抛起之间,也能享受人世清欢。

你是一个挺奇怪的女子,优点和缺点醒目地并存。算一下,我与你已经厮守了二十二年,还将厮守若干年。我们把至少三分之二的时间给了彼此,需要多么大的勇气!这是一场豪赌,以全部的情感和一辈子的幸福为赌注。

我愿意下注。

你呢?

三、礼物

你是上天给我们的最好礼物。一晃十九年过去了。

时间真是一个奇怪的东西,总在不经意时惊醒我,让我惭愧于过去十九年的浑浑噩噩。从出生到小学、初中、高中,再到大学,我是怎样做一个父亲的?好像没有仔细反思,你便已然成人。

回首过往,有喜悦也有遗憾。高兴的是你已长成一个健康、向上的小伙子,遗憾的是你一直很瘦,胃口不好,性格偏软弱。

你一岁时离开我们,跟着祖母在乡下待了一年。那一年,每逢周末,我们才去看你。以致你见到我们,就躲在祖母身后。那一年,老家盖房子,没有人给泥工弄饭;我和你妈要上班,不得已,只好允许祖母带着她的长孙回去。无法想象,幼年的你离开父母时的心情。而初为人父、人母的我们,也粗心得可以,在孩子最需要陪伴的时候却把他扔在十里外的老家。也许,你性格里的胆小因子从此便种下了。

你两岁时便被送入镇上一家幼儿园。在你幼小的心灵里,你的父母冷酷无情,最需要躺在父母怀里撒娇的年龄被幼儿园的铁栅栏圈住。你哭,你闹,但是没用——我们把你送进幼儿园,一转身上班去了。你只能看着我们远去的背影,哭哑了嗓子也没法让我们回头。也许从那一刻起,你便奠定了乖巧听话的性格基础？不乖巧不听话又能怎样？既然哭和闹不能换来父母的陪伴,只好默默承受离别的伤痛。

三岁时,你跟着我来到城里,进了一家私立幼儿园。一年后,才进入当时条件比较好的蓓蕾幼儿园。你的幼年与其他孩子不一样,幼儿园就先后换了三家,像那些居无定所的民工的小孩。你还记得这些么？

你是上天给我们的最好礼物,我们却没有好好珍惜。

你的情感触角十分敏锐,我们的任何一个脸色,一句话,一个动作,一次争吵,你都惶恐不安。我们经常在饭桌上争吵,有时为你,有时为自己。你不说话,也不吃饭。你喜欢打嗝,坐在饭桌旁,放肆地打嗝。我听了隐隐不快。我的微妙的表情,被你发现了。多年以后的一天,你回忆那些场景,说:"你们知道吗？当年你们一争吵我就生气,生气了就吃不下饭。所以我的胃很小,装不下多少东西。多吃了一点点就止不住打嗝。""其实我也不想打嗝,但控制不住。"

我无话可说。一切事情都有缘由。

你会因为一张图片、一条信息,或者某个人的一个动作而大笑不止。而这些在我眼里根本不足以成为笑料。你大笑的时候,我觉得不可思议。"这很好笑么?你太幼稚了。"我这样教训你。久而久之,你开始回敬我"太沉重了""脸部肌肉僵硬,不会笑"。我想了想,是啊,从什么时候开始,我不会笑了?究竟有多少压力与烦恼,夺走了我的笑声?我凭什么指责你的幼稚?甚至反感于你的大笑?我这样做,与一个暴君有何区别?

如今,你已大学在读。我们依然忘记你已成年,时时处处摆出一副教训人的架势。教你和人交往,嘱咐你努力读书,定期锻炼身体,加强营养,多吃水果,少熬夜……绵绵密密,以爱的名义把你包围。

你脾气好,没和我们争论。只说:"我知道。"

你不知道,我满意于你的脾气好,也遗憾于你的脾气好。

我多想看看你跳起来发怒时的样子,多想见到你拂袖而去、摔门而去,多想听到你大声而强烈的表达。

你是上天给我们的最好礼物。

以后的日子里,我要好好珍惜。

四、遇见

人的一生中会遇见很多个"你"。

你是那个离我最近最亲的人,这个距离与空间距离无关,与长相厮守无关。所谓"天涯若比邻",说的就是这种状态——因为"我"和"你"的存在,千山万水可以忽略不计。

准确地说,认识你是在三十年前。那时的我,刚刚进入师范学校。你是学长,领着一班人创立了文学社。我喜爱写作,自然和你走到一起。从那时起,我们因为文学结下的友谊延续至今。

在我的心里,是一直认你做大哥的。你是一个十分真诚的、重情义的人,遇到难事找你,你二话不说,尽心尽力,直到事情顺利办成。你也是一个宽厚之人,有时我会在你身上使点性子,你毫不在意,依然待我如小弟。

这些年,文学虽然不是生活的全部,但它始终是维系我们情谊的坚实纽带。我佩服你的勤奋:你工作虽然繁忙,但写作一直没有放下,七八部书稿的出版就是明证。我呢?断断续续,零打碎敲,三十年来值得一读的文字实在太少。

我们一起品尝过短暂的收获的喜悦,更多是经历漫长的失败。一位朋友说,"文学是令人绝望的事业"。可是,我还没感觉到你的绝望。你始终充满信心。

你当然也会犯错,也会走弯路。有一段时间,你像一个不懂事的小孩一般差点毁掉自己的生活。那会儿,我有点看不清你,觉得你变了。我找了你几次,把我的观点分析给你听。所幸,你后来迷途知返。

摔了一跤后,你更宽厚了。

看见你们一家四口其乐融融,我打心眼里为你高兴。

第二个你也是文学上的良师益友。

你阅读与思考的广度和深度,为我所不及。你的文字像你这个人一样,充满思考的力量。因为过于善良,加上不熟悉或不屑于和上下左右的人周旋,你在单位干得很累。你把一部分时间分配在写作上,是想在驰骋纸上时获得片刻安宁吗?

"性格决定命运"这句话放在你我身上,应验了。

我与你一样,认真做事,却不善周旋。结果,我除了在写作中获得偶尔的喜悦,大部分的时间都被血淋淋的现实无情地吞噬。

第三个你的交往始于一盒香烟。

那一年,我们在北京相遇,在号称文学"黄埔军校"的鲁院一起度过了四个月。

最初一两周,我一个人上课,一个人去食堂,一个人外出。我想把自己隐藏起来,或者像一只普通的工蜂,拼命吮吸文学的蜜。渐渐地,我们六个人相互嗅到了彼此身上的独特气味,就走到一起了。

我喜欢吸烟,那天在寝室里聊天,三个人连着吸了两盒烟,直到管理员敲门进来说:"报警器响了。"我才把散乱的烟嘴清理干净。

后来,我们在贸大校园内散步,你忽然去小卖部买了一盒烟塞给我。我愣住了。你笑笑说:"一起抽。"从此,我们夹着烟卷散步就成了常态。

将要结业时,我的家人到北京玩。你得知消息很高兴,张罗着请我们吃晚饭。大家围坐在餐桌边边吃边聊,我感觉那会儿你成了我的姐姐。

学习结束,离开鲁院那一天,我们说好不哭的却食言了。我与他相拥而泣,你坐在一旁也是泪眼婆娑。你送我,登上公交车的那一刻,我回首看见你红通通的眼眶。

你擅长写普通人,就像一位善解人意的邻家姐姐,不疾不徐地讲述老百姓的悲欢。我想,这样的文字正合我的心意。普通人的悲欢离合与生老病死,构成了一部翔实生动的历史。因为,普通人的内心也有闪电,有雷鸣。

你在浙江,我在江西。相见虽然不难,但我宁愿隔着山山水水与你对话,或点燃一支香烟,透过蓝色的烟雾,想象你夹着烟卷坐在椅子里的样子。

我

一

在一群人当中,实在很难发现"我"。

车站、广场、大街、超市、会场,观众、方阵、仪仗队、集体演出,"我"只是其中一个微小分子,只是水流中的一滴,随时隐藏在众多相似的面容中。模糊的表情,模糊的四肢,模糊的动作。

那时候,"我"因为安插在整齐的队列中,放置在固定的位置上,和其他人一起表演,享受到了任何时候都无法享受的安全与舒适。不错,在人群中,"我"不需要额外付出什么,甚至不需要付出思考,就能尽情享受应该享受的一切。人一旦汇入"群",就容易成为一幅貌似声势浩大其实虚弱不堪的画面,成为一个抽象的指向不明的词语,成为一个贫血的可有可无的符号。

"我"是幸运的。可以脱离队伍,反观自身,在一次又一次的自问自答中认清"我"何以为我。

"我"也是不幸的。多数时候,不得不编入队列中,饰演多个毫无意义的角色,却把本真的"我"丢弃在动作与表情的背后。

二

荒野中,孤灯下,黄昏来临之际,深夜无人之时,最好的一个"我"出现了。

与"我"直面相遇,是一件多么幸福的事!

那一刻,卸下重重伪装,洗净层层铅华,内外一体,纯洁如新。初生的婴儿一样,"我"的脸上虽然有许多绒毛,像一颗刚刚结下的毛桃,但那是真正的"我",不带任何杂质的"我"。

我喜欢一个人的时候。一个人看天上流云,一个人听溪水潺潺,一个人漫步在林间,一个人高歌于旷野。万物与我有相同频率的呼吸和心跳,昆虫与流水装点我的梦境,我平铺在大地的脉络之上,和星辰、微风,以及南方阔叶林的浓荫一道熔铸于自然的掌心。

我迷恋一个人的时候。我仔细聆听自己心跳的节律,辨析自己的思想,净化自己的灵魂。我叩问自己的心房——没有丝毫迟疑。善良与丑恶,真诚和虚伪,也许都有,但很好,好在那才是"我",应该是"我"。

你呢?你是不是害怕一个人的时候?你是不是经常逃避独处?你是不是很喜欢热闹,很喜欢隐入人群,很喜欢大合唱,很喜欢游行的队伍、狂欢的人流?你是否无法一个人入睡,还要抱着一个布偶？或者不停地点开手机，和抖音主播一起哭一起笑一起闹，忠实履行粉丝的义务，不停地献花和打赏。你可以逛街、泡吧、跳舞、网聊、追剧、美容……唯独不愿意面对自己。

万千人中，只有一个"我"。这个"一"，注定"我"的特殊性和排他性，包括"我"的狭隘、懒惰、自卑、怯弱，也包括"我"的善良、乐观、真诚、豁达，甚至包括无法形容的一小部分邪恶。

三

回忆总是让事实变形。于是，记忆中的"我"经常成为一个陌生人。

那个在田埂上奔跑的、又矮又瘦的少年是谁？那个背着硕大斗笠、一口气走了七八里寻找母牛和小牛的少年是谁？那个赤脚上中学的少年是谁？那个师范毕业后整日郁郁寡欢的年轻人是谁？那个喜爱坐在台灯下写写画画的年轻人是谁？那个醉在墨香里、不停地临帖的中年人又是谁？

过去的"我"与现在的"我"之间，横亘着一条宽阔的时间之河。

十年前的"我"，两年前的"我"，一个月前的"我"，三天前的"我"，一分钟之前的"我"……构成"我"的最丰富的一部分。

表面看，过去的"我"活在记忆里；实际上，过去的"我"无时无刻不活在现实中。老实、善良、坚韧；读书、写字、抽烟、喝酒；高兴时喋喋不休，伤心时沉默无语；遇见好文章会反复吟诵，听到不平事必追根溯源。过去之"我"与现今之"我",大体上为一条直线。偶有弯曲,那是摔打后的沉痛教训——人和人碰撞,总要磨平一些棱角。

无须总结所谓人生经验,因为所有的经验对另一个人是无效的。我宁愿将经验视为上天赐予每个人的珍贵礼物,那是独一份的礼物,是人世间的奇迹。人生下来是一个奇迹,成长过程更是一大奇迹。临近死亡时,不后悔即为圆满。即便不圆满,能在浩渺时空里占据短暂一瞬,想来也是不错的。

过去过去,过了就去了。"只是当时已惘然",回忆往往使人伤感,然而,人恰恰是在回忆中一步步走到现在。

四

很少抽出时间来想想现在的"我"是谁。

现在的"我"确定是坐在灯下写字的我么?确定是在烦琐的事务中疲于奔命的我么?确定是抽着烟喝着酒、高声谈笑后又沉入寂寞的我么?确定是对着电脑屏幕几分钟内敲不出一个字的我么?

现在的我,每天按时上下班,按时坐在那张办公桌旁,按时干完分派给我的工作,按时回家吃饭,按时追剧,按时洗澡,按时睡觉。现在的我活成了一台机器。

我不知道也不愿意去思考目前从事的工作有何意义。我宁愿把空余的时间用在阅读、健身和习帖上。

颈椎痛、腰痛、大腿痛折磨着我,我仍然按时和朋友慢跑。呼吸水边有些潮湿的空气,傍晚的太阳热度并未褪去多少,汗水奔涌,衣服贴背,自虐的过程可以让我暂时忘却各种病痛。

而断断续续的关于《儒林外史》,关于《死屋手记》,关于《抗日战争》,关于《毛泽东年谱》,关于辛波斯卡,关于尼采的阅读,让我可以在密密麻麻的文字中间获得短暂的休憩。

最有味道的事情是,握着一支细长的毛笔,习帖。习钟繇,习王羲之,习傅山,习赵孟頫。一笔一画,在模仿中接受慢,体会悠闲,习惯青灯黄卷,幻想见字如晤。

一分钟之内的我,一小时之内的我,一天之内的我,累积成现在的我。无数现在的我,叠加成过去的我。现在的我,就像一本厚厚的书,被时间一页一页翻过。内容似曾相识,未及琢磨便呼啦啦合上。

我拉住现在的"我",在无限的虚空里游荡,让窗外的蝉鸣、人语、无节奏的敲击和巨响一起稀释,最终化为一粒尘埃。

五

如果没有来自外界巨大力量的冲击,我的未来几乎清晰可见:一日重复一日的上班下班,买菜做饭,梦想远方,偶尔对着窗外的树木发呆,经常仰望天空无语。

在这些简单重复的日子里,我一天天老去。

也许很可怕,但真相就是这么残酷。我称之为"平庸的残酷"。

镜中的人,头发稀疏,两鬓微白,额头皱纹越来越明显。我听见未来的召唤,那是一个苍老但洪亮的声音,穿过密不透风的时间之墙,递给我一根光溜溜的拐杖。

明白真相之前,我回到老家,从年近八旬的父亲身上看见了自己的未来。

父亲的背微驼,赤脚行走在田埂上。绿色的庄稼匍匐在父亲脚下,山边吹过来的风里有野果和青草的涩味。未来的我,当然不是行走在田间,而是缓慢行走在城市的街道,过斑马线时,也许忘记了两旁等候的车辆和即将亮起的红灯。当然没有庄稼、野果和青草,只有路旁满脸灰尘的灌木与窗台上病恹恹的盆花。

唯一相同的是,视力、听力,还有体内器官的退化。如果说敏锐是年轻的标志,迟钝则是衰老的徽章。未来的我,将与外界的一切达成和解。反抗、不屈、执着、坚韧……都不需要,我只需要妥协与退让,一直退让到那块刻有姓名的石碑前。那块石碑是献给大地、星辰和天空的,与热闹的人间无关。

我从来就不惧怕想象未来,因为,每个人的未来都是相似的。未来的"我"一直在等着与现在的"我"相见,那是相视无言的时刻,更是万籁俱寂的时刻。

六

对外部世界的认识归结为两个部分:时间和空间。时间为纵轴,空间为横轴,坐标原点便是那个自以为聪明的我。

时间以年月日、时分秒为计算单位,多数情况下它的速度很快,并且悄无声息。我往往只能对着日历上变幻的阿拉伯数字概叹:时不我待。这条标明若干刻度、长度相对固定的纵轴,在日出日落、月圆月缺、花开花谢与春夏秋冬交替行进中,默默地等待一个人出生、成长、死去。它是冷酷无情的,又是公平公正的。冷酷无情是说它一路向前,从不停驻,也不会额外多给哪个人一分一秒。公平公正是说它在所有人面前永远保持一个面目,无论国王还是平民,英雄还是小偷。向两端无限延伸的横轴,不断扩展我的认知范围,丰富我的阅历,向我的脑海里倾注五花八门的养料。从乡村到城市,从山巅到海滨,从平房到高楼,从车站到机场……我在地球的经线与纬线间移动,花费一生来观察和辨识这个越来越让人迷惑不解的星球。

很多时候,我觉得外部世界是一个炽热的无限膨胀的球体,在这个球体的中央,我的经验和知识随时可能被它吞噬和融化。

我与外部世界的紧张对峙,源于时间与空间的无限制挤压。这种超高强度的挤压极有可能使我脱离本真的"我",产生异化。

七

我是谁？我是否认识"我"？

那个头发几乎掉光，整天被腰痛、坐骨神经痛折磨的中年男人是我么？那个视力急剧下降，记忆力跟着急剧下降的中年男人是我么？那个对着键盘发呆，几分钟内敲不出一个汉字的中年男人是我么？那个为一件小事或怒气冲天或手舞足蹈的中年男人是我么？

我不愿活成我讨厌的样子，可事实总让我失望。于是，浓密的头发，健壮的腰身，清澈的眼神，强大的记忆力，流畅的书写，平静的心态离我越来越远。我不得不悲哀地接受这个一步步沦落的自己。

我对我究竟了解多少？

工作、买菜、健身、抽烟、喝酒、打牌、看书、写字、刷微信、看电视……我哪儿有空停下来了解自己呢？我按照固定的节奏，在固定的轨道上奔忙，不知不觉，一天就过去了，一个月就过去了，一年就结束了。至于我了解自己的事，似乎无关紧要。

我何以为我？

这好像是一个很难回答的问题。

我只知道，我之为我，其实不易。需要积蓄多少勇气，克服多少惰性，突破多少阻力，战胜多少艰难啊？需要经历多少波折与反复啊？需要无视多少白眼、嘲讽，乃至谩骂和攻击啊？

我仰慕少数最终成为真我的人，他们是真正的英雄，虽然没有建立轰轰烈烈的伟业。他们的姓名对得起对应的肉身。

因为绝大多数人走着走着,最终成了"我们"。

八

科技发展正在塑造一个新时代。

这个新时代给予我们海量的物质享受也给了我们无穷的生活便利,外卖、快递、网游、抖音、热搜、扫码登录、刷脸支付、远程教学、直播带货、网上约号、滴滴打车,既省时又省力,一部手机行天下。所以我在想,今后,人的拇指肯定会成为最发达的身体组织。

我好奇的是,省下来的时间与精力干什么去了?

我更好奇的是,很多事情不需要耗费人力时,人的身体机能会不会有退化的危险?

我的疑问是,抛弃自己的本性去一味追求新科技,走得越远,最终是否会"南辕北辙"？换句话说,我们创造了许多美好的东西,最终会不会被它们奴役?

当时代的潮水朝我冲来,我会迎着它们走几步。有被冲倒的可能,但那种在巨大阻力中行走的感觉可以让我清晰体会到我的存在。也就是说,卧倒在水中的石头总比席卷而下的叶子与枯枝更能体会水的力量和温度。

浪急风高,我只想最大限度地保持自己的模样。

他

一

他赴宴路上肯定没料想此去凶多吉少。

几个徒弟为他摆下一桌寿宴,在乡下这是再寻常不过的事。他为人豪爽大方,是方圆几十里内有名的拳师,三五个青壮年围攻他也占不到任何便宜,再加上他还擅长治疗跌打损伤,走到哪儿都有人请他喝酒。何况是徒弟特意为他摆的酒。

他哪里想到,徒弟也会摆"鸿门宴"?

他健步如飞,在几个徒弟的簇拥下,走到大厅八仙桌的上首,坐下。

一桌子菜,鸡、鸭、草鱼、猪肉、野兔肉、麂子肉、河虾……锡壶里的水酒早就温好,揭开盖了,酒香扑鼻。

酒碗倒满,徒弟们端起酒,面向他,祝他寿比南山,福如东海。

他脖子一仰,一碗酒咕咚而下。

按照礼数,接下来,徒弟们挨个向他敬酒。

最后一个徒弟敬完酒,他浑身燥热,双眼迷离,已有一些醉意。

朦胧间,对面的徒弟朝左右使了一个眼色,突然立起身子,双手抄起桌子朝前一推,将他死死压住。他刚想反抗,其余几个徒弟的手里多了一根铁棍。铁棍雨点般落下,特别是攻击他双腿的铁棍,力道特别大,当时就把他的胫骨敲断了。他大喝一声,推了一下压在胸前的八仙桌,迎来的还是一顿铁棍暴击。

他是当地游击队的队长,领着一伙穷人打土豪分田地。本地的土豪劣绅对他恨之入骨,几次想抓他,都没成功。这次,他们用重金收买他的徒弟,并设下这个圈套,目的只有一个:要他的命。

后面发生的事,地方志里都有记载。说他被国民党团丁押送到江东圩,残忍杀害。怎么个残忍法?没有详细记录。我的伯父和父亲给我讲过,当年,他被团丁用大号铁丝穿着锁骨,押到江东圩,开膛破肚,把心肝挖了丢在油锅里煎。赶圩的老表都听见他的叫声:明贵爷爷我二十年后还是一条好汉!我的伯父亲眼见证了他的壮烈牺牲。他说,那些人真恶,下得去手!

三十年前,我上师范学校时,每次去江东坐班车都要路过他的村庄。

那是山脚下的一座小村庄,薄雾笼罩,安静恬淡。鸡和狗在村道上漫步,见了生人,鸡继续低头觅食,狗凑近人嗅嗅,再摇着尾巴离开。

想起他的惨死,想起他就埋在附近某个山包,再看看这座安静的小村,容易让人怀疑那些血淋淋的事情是否发生过。很容易让人对时间产生种种幻觉。

这个时候,我通常凝视那块插在路旁的招牌。

招牌上写着村庄的名字——"泗岭下"。

这三个宋体字让我眼前浮现当年他端起酒碗喝酒的情景,他与游击队员穿梭于山林的情景,他高喊"二十年后还是一条好汉"的情景,以及,草木深处立着一块写有他姓名的墓碑的情景。

二

印象中,他是一个老实而沉默寡言的人。但他的勤快全村人有目共睹。

上次回老家,听母亲说,他喝农药自杀了。

"为什么自杀?"我问。

"哎,天晓得。这些年来,他因为得了尘肺病,不能干重活,就在家里做些轻活。他老婆就有些怨言,说他活儿干不了多少,饭量倒比女人还大。一个大男人,哪儿受得了这样说他?"

他年轻时在小煤窑干活,后来落下病根。一个常年劳作的人,突然发觉自己丧失了劳动能力,本身就是一件令人沮丧的事。不能出去干活,加上不善言辞,成天待在家里,久而久之,必然陷入抑郁。这个时候,他老婆——一个行事风风火火、喜欢唠叨的女人,一句话、一个眼色,足以成为他决心一死了之的导火索。

母亲在村里是出了名的热心人。她曾上门看他,劝他多出去走走,和人打打牌、聊聊天,对身体有好处。可惜他不听劝,依然窝在家里。

出事那天,有人告诉他老婆,说你男人不见了。女人正在地里拔草,她不信,说:"他还能到哪儿去,一个病秧子!"

那人急了,说:"谁会骗你?不信你回去瞧瞧?"

女人在小溪里洗了手,跑回家一看,果然不见了男人。她冲出家门,一边哭一边喊着男人的名字。春天的阳光覆盖着安静的村庄,那女人的哭声异样凄厉。

有人告诉女人,说看见她男人踉踉跄跄朝后山去了。

左邻右舍来了,在他家桌子上发现一张纸条,上面写了几行歪歪扭扭的字。大意是:"我不想活了,希望两个儿子照顾好妈妈。如果儿子想尽孝,就到后山坡松树下的老窑找我。不想尽孝,我直接死在那儿也行。"老窑是原先村民挖的木炭窑,圆形、土顶,人要是死在里面,时间长了土顶一塌,老窑就成了一座很好的坟墓。

几个人慌慌张张,跑到后山坡,果然在老窑里发现了他。他坐在窑里,已经言语不清。

送到乡卫生院,人已经不行了。

他两个儿子都已成家,常年在外,平时很少回来。我依稀记得,大儿子曾是我的学生。听人说,他曾经跟儿子提过几次,想买台电视,至少寂寞时可以在屏幕上看看外面的世界。

可惜,两个儿子都没当回事。

三

他曾经参加对越自卫反击战,后来转业安置在地方史志部门并在那儿干到退休。

某天,史志办的领导接退役军人事务局电话,说他正在局里上访,请领导赶紧过去劝劝他。

领导赶过去,费了一番工夫才弄清楚事情的始末:今年棚户区改造,他所在小区列入其中。他把自己住的房子卖了,如今没地儿住,要求退役军人事务局解决他的住房。

领导说:"棚户区改造好了以后,本来按一比一点二的面积比例给你置换房子。你当初把老房子卖了,等于把指标卖了,这是双方自愿的事啊。房子卖了你可以考虑租房或者再买一套房,干吗跑这儿要房子?不符合政策啊。"

他说:"你懂什么政策?你懂个屁!"

领导说:"你凭什么到这儿要房子?"

他双手叉腰,说:"就凭老子当过兵!"

这事没法谈了。

后来咋样?听说局里领导拗不过他,正在考虑给他解决住房问题。一个八十多岁的脾气火暴且身体不好的老人,不好惹。他三天两头跑局里,死缠烂打,万一哪天出人命了,谁负得起这个责任?

这事看起来荒谬,却也是没办法的办法。

再后来,关于他信息越来越多。

他儿子也在史志部门上班,但是父子俩就像仇人,见面就吵。甚至听说他有一次还举着菜刀,追赶着儿子,说要杀掉他。

他退休第二年离了婚。房子的产权证在前妻那儿放着,他倒好,去办了遗失声明,然后补办产权证,把房子卖掉。几十万房款揣自己兜里。

揣着几十万的存折,为何去退役军人事务局上访要房子住呢?

众说纷纭。

有的说,他可能觉得房子卖便宜了,上当了,就找公家出气。

有的说,他卖了房子后租过房。只是搬了几次家——房东们都受不了他的坏脾气,最后,他因为坏脾气出了名,再也租不到房了。所以一再到局里吵,要房子。

局里后来有没有给他解决问题呢? 不知道。

总不能让一个八十岁的当过兵的坏脾气的妻离子散的到处租不到房的老人流落街头吧?

四

说起来,他是我表弟。他妈妈是我堂姑,我父亲是他舅舅。

他早年跟着他哥哥做生意,赚到第一桶金。后来兄弟不和,他就单干了。因为多少有点血缘关系,他和我外貌很像,五官、身形,亲戚们分不清我俩哪个是哪个。

初中毕业后,我们就各奔东西,很少联系。我接着进入师范学校念书,毕业后当了一名乡村小学教师,后来通过公开招考进城,在一家文艺单位干了十几年,事业单位改革后又换了一家单位,直到现在。生活总体平顺,波澜不惊。他一直在生意场上摸爬滚打,有时赚有时亏,赚的时候居多。属于先富起来的一部分人。

堂姑跟我说,他是小儿子,却远没有大的贴心。那年堂姑生了一场重病,出院后在他家住过一段日子。"妈你什么时候回老家?"堂姑双手一摊,说,"这伢子良心在背上。我还没住几天,他就想赶我走。"

"说起他来我不好意思。"堂姑喝了一口水,摇了摇蒲扇。

"他老婆为人好,比他有良心。生了一个儿子,读初三。哪晓得天杀的居然有一天把外面搞的女人领回家!手上有两个臭钱就在外面寻花问柳,真是作孽哦。从来没听说两个女人在一个屋檐下服侍一个男人,我这个作孽的儿子做到了。那个外面带回来的野老婆给他生了一个女儿,今年四岁,在幼儿园,一见我就喊'外婆',害得我应也不是,不应也不是。你说这个世道究竟怎么了?"

"他老婆能容忍那个女人?她不会闹离婚吗?"我问。

"两人从来没吵过架。他老婆在家里负责家务,洗衣弄饭搞卫生,野老婆跟着他外面吃香的喝辣的。就这样过日子,从来没闹过离婚。"

"后来,人家发现两个女人跟着他。他老婆还帮着遮掩,说那女的是她表妹。你说天底下还有这种肚量大的女人!"

我无话可说了,为这些远远超出常规的生活细节。

我顺着堂姑讲述的内容,对两个女人的内心世界做了一个推测:他老婆是一个家庭观念相当强的人,也可以说是一个逆来顺受、忍辱负重的人,或者是一个没有胆量出家门、离开丈夫小孩就没法活的人。对她而言,只要能维系这个家,不散掉就行。丈夫爱不爱她,退居其次。野老婆呢?年轻貌美,爱我的表弟,眼中只有他这个"人",有无婚姻无所谓,反正天天能陪在他身边。至于将来,她不想不顾。活在当下不正是一些年轻人奉行的人生观么?表弟呢,家里有忠诚的老婆兼仆人,出门能带上年轻漂亮的女人;家里相安无事,外面灯红酒绿。比起那些在外面养情人的老板,他还省了一大笔买房或租房的开销。

这个奇异的家庭能维持多久呢?恐怕谁也无法预料。

至少,目前,他们还在一起生活。

五

他,亚历山大·彼得罗维奇。

他是一个从死神手里逃脱的俄国贵族,被流放到西伯利亚的一所监狱。"这里是一个独特的世界,它和其他任何一个地方都不一样;这里有它自己独特的法律,自己的服装,自己的风俗习惯,这里是一座真正的死屋。"

在这儿,他戴着脚镣和狱友干活,啃面包,喝漂浮着蟑螂尸体的菜汤,睡三块木板拼成的通铺,听他们说梦话、吹牛、争吵、斗殴、唱歌,看他们喝酒、赌博、走私白酒香烟。

在这儿,他结识了"脸色苍白,颧骨很高,目光大胆""因为挨了一耳光便杀死自己长官""所有苦役犯中最果敢、最无畏"的彼得罗夫。彼得罗夫对他彬彬有礼,向他求教拿破仑的事,打听一种前臂特别长的猴子。彼得罗夫偷偷卖了他的《圣经》,换酒喝,当天晚上就满不在乎地承认了自己的偷窃行为。彼得罗夫喜欢他,甚至有点怜悯他。

他结识了"活像一只拔掉了毛的小鸡雏""莽撞、傲慢,同时又胆小如鼠"的犹太囚犯伊赛·福米奇。伊赛·福米奇是一个首饰匠,他包揽了城里老爷们和官员们的首饰活儿,攒下的钱向监狱的狱友放高利贷。在监狱里,伊赛·福米奇是一个"幼稚、愚蠢、诡谲、粗鲁、朴实、怯懦、吹牛、无耻"兼而有之的可笑人物,是全监狱狱友用来取乐的"消遣品"。伊赛·福米奇刚进监狱就做成了一桩典当生意,并因此赢得了大家的喜爱。狱友们最喜欢看伊赛·福米奇每周五晚上表演"安息日祈祷",看他诵读、喊叫,看他时而哀号时而大笑,看他在少校面前大喊大叫、装神弄鬼。

他在公共澡堂结识了"世界上最有趣、最喜欢逗笑取乐的人"巴克卢申。巴克卢申因为爱情而流放到西伯利亚。他爱上了德国姑娘路易莎,不料一个德国钟表匠横刀夺爱,他一怒之下枪杀了钟表匠。

他结识了"对生活充满着渴望"的库利科夫。库利科夫和A,还有卫兵科列尔,在一个早晨越狱。不过,当天傍晚,他们就被宪兵押回监狱。挨了一千五百棍刑罚的库利科夫回到监狱,"仍像过去那样落落大方,彬彬有礼",可是因为越狱失败,狱友们的心理发生了变化,"对待他更加简慢无礼起来"。

他,亚历山大·彼得罗维奇,在寒冷的西伯利亚,在狭窄阴暗的囚室里结识了若干个"他"。在这儿,他历经磨难,旁观那些"最有才华,最强有力的人被疯狂地、非法地、无可挽回地毁灭。"

他,居依·罗朗。

居依·罗朗是一个得了健忘症的私家侦探。为了揭开自己的身世之谜,他寻访索纳希泽,寻访斯蒂奥帕,寻访奥尔诺夫,寻访钢琴家布伦特,寻访霍华德,寻访弗雷迪,寻访佩德罗,寻访海伦,寻访芒苏尔,寻访斯库菲、怀尔德默、贝松、弗里布尔。

在德拉日弗街,在洛兰街,在波坦街;在餐厅,在酒吧,在旅馆,在咖啡馆;在巴黎,在默热弗,在帕迪皮岛。

他马不停蹄地寻访自己的过去。他是居依·罗朗,也可能是吉米、佩德罗、斯特恩或者麦克埃沃依。

过去的生活就像一座迷宫,寻访的结果注定失败。

那些隐藏在记忆黑洞中的人和事,就是一道道无解的多元方程。

六

　　活着的他,死去的他,过去的他,现在的他,此地的他,异地的他,身边的他,纸上的他……

　　我讲述并写下 N 个他的故事,因为我并不是旁观者。我就在其中。我可能成为他,他也可能成为我。或者我就是他,他就是我。我是无数他中的一个,正如湖泊中的一滴水,群山上的一块石头,天空中的一缕云。没有一滴水、一块石头、一朵云是孤独无依的,它的每一次呼吸都有确切的回应,就像我身边的他,擦肩而过时,总有一股暗流在我心底悄悄激荡。

后记

2015年,我出版了一部书写地方历史文化名人的随笔集后,对下一步的写作对象(题材)并不清楚。后来,孩子读高中,与多数学生家长一样,我在学校附近租房陪读。三年中,我每天晚上必做的功课是临帖——听从一位书法家朋友的建议,我选择了钟繇的《宣示表》。那时候,孩子的成绩不够理想,我自己的写作目标也模糊不清,加上新环境的不适应,种种焦虑的覆盖下,我选择沉入钟繇的小楷,希望获得一点内心的宁静,也希望借此梳理过往,重新出发。

《宣示表》尚存隶书之痕,一笔一画,朴拙尽显。笔墨在宣纸上轻轻落下时,我的心思常常在单个汉字上聚焦——我仿佛看见一千多年前微弱灯影下点划勾提的背影,听见书者内心掀起的风暴。我想,每一个汉字其实都不简单。就这样,反反复复的临帖中我忽然萌生一种想法:何不以自己体悟最深的若干汉字作为标题,做一个系列呢? 这有点像一个游戏,起初没想过能否坚持,但我愿意尝试。

接下来,我大约花了五年完成了这个系列。具体而言,每写一篇东西,从构思到行文,往往耗时颇多。写作中,时常为一句话表达不清或某个词语使用不当而删去整段文字。并且每隔一两年,腰痛(陈年之恙)总会袭击我,迫使我在治疗与写作的拉锯中迟缓行进,一篇文章耗时一两个月成为常态。关于创作量,一位朋友的观点是,一年起码要完成十万字。我的效率如此低下,与朋友聊起写作时声音顿时低了八度。非常惭愧,我的写作状态就是这般别扭——酣畅淋漓的书写已成一种奢望。

五年中,孩子进入大学继续学业,我离开文联进入一家新的单位,生活在周而复始的节奏中也发生了诸多变化。个中滋味,按下不表。

这二十一篇文章里,我尽可能地书写那个"最真实的我",也尽可能地表达我对世界的认识与思考,甚至是模糊或偏激的思考。

作家从维熙接受某报纸采访时说:"我一无金银可挥,二无才情可以浪掷;我的生活体察和感情积累,不允许我'玩弄文字',只允许我向稿纸喷血。"文字当然不能"玩弄",因为每个汉字的背后都站立着一个脾性与修养独异的人啊。从维熙先生的写作态度令我辈敬仰!

近读梵高与他弟弟提奥的书信集,其中有一封写道:所谓艺术家,当然包含无止境地探索的意思。这句话的含义,我理解为从事艺术的人"永远在路上"。至于未来会遇见什么,暂且不去想它。关键是一直走下去,哪怕像蚂蚁一样缓慢,哪怕像跌倒又爬起的西西弗斯。

2024 年秋日